# 程序员的爱情

苏生 著

机械工业出版社
China Machine Press

本书以主人公程序员陈旭入职、恋爱一系列故事为主线，讲述程序员这一职场特殊人群的生活状态以及职场生存现状，讲述陈旭和杨若依以悲剧结尾的爱情及陈旭周围的张朝洋、王斌、郝彦等IT人的故事。

本书适合都市青少年，职场人士，程序员阅读。



**本书法律顾问　北京市展达律师事务所**

**图书在版编目（CIP）数据**

程序员的爱情/苏生著．—北京：机械工业出版社，2010.1

ISBN 978-7-111-29167-1

Ⅰ．程…　Ⅱ．苏…　Ⅲ．长篇小说－中国－当代　Ⅳ．I247.5

中国版本图书馆CIP数据核字(2009)第219043号

机械工业出版社（北京市西城区百万庄大街22号　邮政编码　100037）
责任编辑：李东震
北京京北印刷有限公司印刷
2010年1月第1版第1次印刷
145mm×200mm・8.5印张
标准书号：ISBN 978-7-111-29167-1
定价：25.00元

凡购本书，如有缺页、倒页、脱页，由本社发行部调换
客服热线：(010)88378991；88361066
购书热线：(010)68326294；88379649；68995259
投稿热线：(010)88379604
读者信箱：hzjsj@hzbook.com

# 自　　序

我是一名普普通通的程序员，过着简单而又平凡的生活，每天除了编程、吃饭和睡觉，就是上网、打游戏。日复一日。

程序员的工作，机械而又无聊；程序员的生活，简单而又乏味。有人揶揄我们为“IT 动物”、“张江男”、“键盘动物”等。

曾写过一副对联自嘲：上联：受苦受累起得比鸡还早，下联：累死累活干得比驴还多，横批：禽兽不如。

高中的时候，期盼着能早点上大学。以为上了大学以后，生活就会自由起来。上了大学以后，生活是自由了，可是却自由到不知道自己到底该干些什么。然后就期盼着能早点毕业，以为毕业以后，生活就会充实起来。毕业以后，生活是充实了，可是却充实到自己再也没有时间去做自己喜欢的事情。生活，在一成不变的单调乏味中慢慢变质，而最初的梦想，也像自己曾经引以为傲的腹肌，正在慢慢地离自己远去。

其实，生活中有太多不如意的地方，有太多的事情我们无法控制。比如生老病死、亲人离去，自己喜欢的人不喜欢自己。我们唯一能做的就是以积极的心态去迎接崭新的一天，活出自己的精彩。只有这样，我们才不会辜负辛苦生我们养育我们的父母，默默爱我们支持我们的朋友。也唯有如此，我们才不会虚度自己那如金子般珍贵的青春。

因此，我把自己过去生活中的点点滴滴，所思所想所感，汇聚成这本小说《程序员的爱情》，和大家一起分享，共同缅怀那逝去的青春，我们曾经走过的日子。

# 目　　录

自序

1 ………… 1

2 ………… 10

3 ………… 20

4 ………… 29

5 ………… 39

6 ………… 49

7 ………… 58

8 ………… 68

9 ………… 80

10 ………… 90

11 ………… 100

12 ………… 111

13 ………… 120

14 ································ 124

15 ································ 142

16 ································ 151

17 ································ 161

18 ································ 170

19 ································ 180

20 ································ 188

21 ································ 198

22 ································ 205

23 ································ 218

24 ································ 227

25 ································ 236

26 ································ 247

27 ································ 256

# 1

陈旭是一名程序员，在软件园的一家软件公司上班。

他毕业于北方一所著名的高校，计算机科班出身。他所在的公司在国内也是数一数二的软件企业。半年前他就来到这里实习，毕业后顺利地进入了这家公司。

公司的老板毕业于国内一所著名的理科大学，之后直接去了美国，在国外获得了博士学位后，又在硅谷工作了几年，然后回国创办了锐志。经过将近十年的发展，公司已经成为国内软件行业的领头羊。公司老总经常说：一个人年轻的时候，只有“锐意进取，志存高远”方能有所成就，所以他就把公司的名字定为：锐志科技股份有限公司。

在陈旭还上大学的时候，他曾经幻想过做一名受人尊敬的黑客，买了一大堆关于黑客技术的书籍。四年过去了，陈旭没有如愿成为一名黑客，只是成了一家软件企业里普普通通的程序员，而那些关于黑客技术的书也被原封不动地卖给了他们宿舍楼下收破烂的，换来的钱请全班同学吃了雪糕。

今天是他第一天上班的日子。

陈旭很早就来到了公司，他可不想上班第一天就迟到，虽然以后经常如此。他上身穿着一件白色的T恤，下面穿着一条深蓝色的直筒牛仔裤，再配上一双白色的运动鞋，显得朝气蓬勃。此时大厅里已经聚集了不少来报道的新员工，大家三五成群地围在一起，相互打着招呼，了解各自所在的部门。

趁着聊天的空隙，陈旭仔细打量着新公司。公司大厅虽没有富丽堂皇的装潢，但也不失气派，就像长相本来清秀的人，略施粉黛，便光彩照人。进门以后有一条长长的通道，一边墙上挂着一个硕大的平板电视，里面循环播放着公司特意制作的宣传片。再往里面是前台，前台后面站着四个穿着整洁统一的服务人员，服务人员身后的墙壁赫然地刻着公司的名字：锐志科技股份有限公司。

过了一会儿，一位人力资源部的女士过来和大家打招呼，让大家到楼上的会议室集中。楼上的会议室不大，不一会儿的功夫，里面就挤得如同上班时间的公交车一样。陈旭费了九牛二虎之力方才在里面找个位置站住。等大家都安静

3

下来以后，那位“HR 女士”告诉大家，领导马上就过来，需由那位“HR 女士”稍微等一下。

又过了大概半个钟头的时间，领导们才在人们的热烈期盼中出现了，介绍给大家认识，逐一介绍完以后又邀请领导讲话，内容无非是介绍一下部门的基本情况、热烈欢迎新同事加入到公司来之类的话，但领导却足足讲了半天。这还不要紧，大家脸上还得故作殷切状，装作如沐春风的样子。最折磨人的是要配合着领导的表情，当他讲到兴奋之处还得鼓掌称好。

陈旭此时已经饿得有点站立不住了，直后悔没有吃早饭。他脑子里一片空白，看到别人鼓掌，自己也机械地跟着鼓掌，心里期盼着领导的讲话能早点结束。可事与愿违，一个领导讲完话以后，后面又有一个领导接着讲，而且后面的领导开口之前，首先还会把前一个领导的话再肯定一遍，然后才开始讲自己的内容，其间还时不时会引用前位领导讲话的精彩之处，如此反复。也不知过了多久，大家突然都热烈地鼓起掌，陈旭猛然清醒过来，心想是不是错过了什么精彩的发言，正后悔，待仔细观察，才发现原来是领导终于讲完话了，他也跟着大家热烈地鼓起掌来。最后，陈旭迷迷糊糊听到自己被分到开发一部，然后被一个 30 来岁戴着眼镜样子文绉绉的开发部长领到自己所在的部门。

先说说公司的组织结构，软件公司一般都采用二维矩阵的架构模式。按照业务和产品来划分，公司被分成许多个事业部，各事业部下面又划分成几个开发部门，每个开发部门下面可能又有几个项目组，一个软件开发人员既要听从项目经理的指令，又要服从部门领导的安排。陈旭现在处于组织架构的最底层，在公司食物链中扮演着生产者的角色，不过有着一个挺响亮的头衔：软件工程师。

再说陈旭一行几个新员工被部长领到了自己的办公室。办公室不是很大，里面被挡板隔成很多个单独的办公区，标准的格子间，大概能容纳三四十人的样子。站在门口处望过去，办公室里面仿佛就是一个小的生产车间，每个人都表情严肃地盯着显示器，不停地敲打着键盘，陈旭远远地就看见自己的名字被贴在一个格子间的挡板上。

部长做了一番介绍以后，陈旭就在自己的座位上坐下了。他按下了机箱的电源开关，然后就听见电脑像一台破旧汽车的发动机似的“嗡嗡”地开始运转起来。大概等了好几分钟的时间，电脑才如同裹着小脚的老太太般姗姗来迟地进入到操作系统的欢迎登录界面。出于一种习惯，电脑刚稳定下来，陈旭就检查了一下它的配置，他发现配置都是几年前的，而且操作电脑的时候，硬盘更像是年代久远的老爷车，时不时还会发出“嘎吱嘎吱”的响声。陈旭又在硬盘里发现了很多旧的资料，这才确定原来分配给他们新员工的电脑都是以前老员工用过的旧机器。

陈旭向身后望了望，和他在同一个格子间的是位与他年龄相仿、稍微有点白发的老员工。陈旭望望他的名字牌，知道了他叫张朝洋。此时张朝洋正在紧张地工作，屏幕在不停地切换，看得人眼花缭乱。陈旭看他很忙的样子，没好主动打招呼，又回到了自己的电脑屏幕前。在电脑前又待了一会儿，陈旭的烟瘾来了，想出去抽烟，但不知道公司的抽烟区在哪里，他朝四周望了望，其他人都在紧张地忙碌着，没人有准备出去的意思。当陈旭的视线落在张朝洋座位上的时候，发现他桌子上放着一个打火机，猜想他一定抽烟，就朝张朝洋小声喊了一句：“张哥”。

此时，张朝洋正聚精会神地看着屏幕，听到身后有人喊他，就转过头来，看到陈旭瞅着自己，显得有点意外，也小声地问道：“是喊我吗？”

“是啊，张哥，打扰你了。问你件事，这儿哪里可以抽烟？”陈旭小心翼翼地。

“别那么客气，直接叫我名字就行了。得到外面去，你

# 6

稍微等我一会儿，咱们一起去。”张朝洋转过头处理了一会，就和陈旭一起出去了。

他俩来到走廊里的一个角落处，那里放着一张圆桌子，四五个塑料椅子。桌子上横七竖八地放着几个烟缸，里面堆满了烟头，其中一个烟缸中有半截烟还没完全熄灭，正在那儿悠然自得地冒着烟，一看就是某人因为有什么急事，没来得及抽完就走了。

两人围着圆桌坐了下来，张朝洋问道：“你是和他们一起来的新员工吧？刚才我正在工作，没注意到。”

陈旭这下算领教到什么叫敬业了：身后来了新人，他竟然不知道。陈旭后来发现，张朝洋只是广大程序员中最普通的一位，而他自己也即将成为其中的一员。他恭恭敬敬地递给张朝洋一支烟，并帮他点着了，这才小心翼翼地答道：“是啊，今天刚来报道的”。他又从烟盒里抽出一支点着了，接着问道：“你们天天都很忙吗？”

张朝洋答道：“也不是，就是忙的时候忙死，闲的时候闲死。现在恰好是忙的时候。”说完他狠狠地吸了一口，仿佛急于把烟吸完。

又聊了一会儿，因为张朝洋还有很多活要干，他们俩就回办公室了。回来以后，陈旭刚把邮箱配置好，就到吃午饭的时间了，张朝洋招呼着他一起出去吃饭。

他们来到软件园里的一家公共食堂就餐。此时正值中午吃饭的高峰期，食堂里面已经人山人海，嘈杂得如同赶集一般，每个卖菜的窗口前都排起了长龙，蔚为壮观。陈旭赶忙去排队，站在买菜的人群后面，随着队伍缓缓前行。等了半天，终于快挨到他的时候，食堂内突然间暗了下来，紧接着听见“哗”的一阵惊呼，四周陷于一片寂静。食堂里的人，也好像突然被谁施了定身术，都愣住了，过了一会儿，就餐的人这才意识到食堂停电了。

“没想到自己第一天上班就遇见停电，看来今天可以去买彩票了!”陈旭在心里笑道。此时食堂内又恢复了刚才的嘈杂，只不过现在换成了买饭人的叫骂声。幸好张朝洋也还没打到饭，陈旭就和他到附近的超市买了个面包凑合着吃了一顿。

下午也没有什么事，陈旭安装了一些以后可能用到的软件，中间被叫出去一次，帮忙搬一些东西，还上了两趟WC，剩余的时间就用来等待下班。终于熬到下班，陈旭迫不及待地想走了，可是当他站起来准备收拾东西的时候，却惊奇地发现办公室里其他人依然在紧张地忙碌着，丝毫没有下班的意思。“难道是自己看错了时间?”陈旭看了看电脑右下角的时间，没错，又掏出手机核对了一下，也没错。“大家怎么不走呢？”陈旭心中虽然急着回去，但是看到别人都纹丝不动，最终还是无奈地坐回了座位。

过了一会儿，陈旭实在坐不住了，就问张朝洋他们不下班的原因。张朝洋告诉陈旭，他们今天晚上要加班，陈旭没事可以先走，不必陪他们待在办公室里，说完他又转过头去继续工作了。

又过了一会儿，大厅里陆陆续续地有人出去吃饭了，陈旭正好趁这个机会溜了出去。本来是正常下班，可是陈旭却感觉像偷偷摸摸干了一件坏事，这就好比在话语颠倒、是非混淆的年代，正常说话的人反成了异类。

初夏的傍晚，是一天中最舒适的时候，太阳还没有落山，但是已经褪去午时的热情，换上一副温柔的面孔，习习的凉风，伴着阵阵的舒适，带给人一种平静惬意的感觉。路旁树上的叶子在微风的吹拂下，发出“沙沙”的响声，仿佛也在享受这短暂的时光。

此时正值软件园各个公司下班的时间，黑压压的人群从各个办公大楼的门口涌了出来，三五成群地向马路走去。他们的年龄大多在 26 到 35 岁之间，以男性居多，大多戴着眼镜，胸前挂着各式各样的胸卡，穿着整洁，但头发却很乱，虽然是下班的时间，可是他们却额头紧锁，似乎还在思考着什么。

陈旭顺着汹涌的人群向车站的方向走去，心中涌起一种无法抑制的兴奋和激动。从今天开始，他就正式成为一名软件工程师，成为人们心目中羡慕的高科技人员了。“我一定要在这里干出一番事业来！”陈旭在心中默默地呐喊，对以后的生活充满了憧憬和希望。虽然事后证明，这只是他痛苦经历的开始，但是此时此刻，他是幸福的。

# 2

接下来的一周时间里，陈旭也没有什么具体的工作，主要是参加一些培训，熟悉一下软件开发的流程，日子过得还算舒服。这种舒服的状态并没有持续多久，一个月后，他就被分到一个新成立的项目组。项目组总共 15 个人，工期是 4 个月，实际的工作量是 63 人月，也就是说剩下的 3 人月由组员们分摊。除去项目管理和测试的人员，真正编码的人不超过 10 个。

开完项目启动会议以后，老员工们都闷闷不乐，他们抱怨项目的时间太紧。但是陈旭和刚进入公司的新员工们却兴奋不已，似乎都迫不及待地想立即编码了。其实这情景也是可以理解的，就好比面对同一盘红烧肉，你第一次吃的时候，可能会觉得它美味可口，如果天天都吃的话，估计看到只有吐的份儿了。又好比你第一次握着女朋友的手，可能有触电的感觉，可握上十年二十年，估计就没啥感觉了。

# 11

陈旭之前每天都在学习，摩拳擦掌已经一个多月了，正准备大干一番。项目正式启动以后，他每天主动加班到晚上9点。一个月以后，他依旧晚上9点回去，只不过主动加班变成了强制加班。

下班的时候，陈旭总会看到公司外面停了长长的一排出租车，心想如果有谁想知道软件园里哪家公司的效益最好，也不要查看什么财务报表了，晚上直接过来看看哪家公司门前停的出租车队伍最长就行了。晚上加班后回去的路上，看到空荡荡的街道，陈旭经常想到西汉时的匡衡，家境贫寒，点不起灯，为了晚上能看书，不惜凿坏了自己的墙壁，而他加班又不需要凿墙壁，还可以打车，已经很幸福了，夫复何求？

有时候加班疲倦的时候，陈旭经常出来溜达溜达。公司处在一个地势很高的地方，正好可以俯视滨城的夜景。从他站的位置向远方望去，万家灯火犹如夏夜中的银河一样璀璨，而软件园这边却冷冷清清，只有从窗户透露出来的零星的灯光表明了生命的存在。虽然工作时间不长，但是陈旭明显感觉到他们已经游离于这个社会之外，变成了一个与其他人格格不入的特殊群体。

不知不觉几个月过去了。“光棍节”这天，张朝洋招呼陈旭晚上出去K歌。来公司这么长的时间，陈旭发现自己就和张朝洋还比较合得来。陈旭了解到他来公司三年了，谈了三次恋爱，都没有成功，至今依然是孤家寡人一个。无聊的时候，他经常和陈旭聊哪个部门的美女多，其实这纯粹是苦中作乐，大家都知道，大学里学计算机的女生本来就少，毕业后很多直接改行去做别的，剩下来的也就可想而知了。幸好程序员的工作强度大、工作时间长，一天下来也没有精力想别的东西了。他们整天盯着电脑，又时常加班，视力急剧下降，看所有东西都雾蒙蒙的，加之与外界相对隔绝，审美标准也急剧下降，所以也就不觉得有什么不妥，如同井底的青蛙，每天抬头看天，以为天也就井口那么大了。

说实话，张朝洋长得还是挺帅的，他自己也常常自嘲：貌虽不比宋玉、潘安，但是应该比武大郎强多了，怎么就找不到女朋友呢？

那天晚上，俩人打车来到了一家KTV，没想到那里却早已客满，没有空余的包厢。据KTV的老板介绍这天的包厢几天前就被预订一空。

“光棍节”这天出来欢庆的光棍总体上分为三种类型：第一种类型为“无病呻吟”型，这种类型的光棍一般生在红旗下，长在春风里，没有经受过情感上的挫折，属于

“少年不知愁滋味，为赋新词强说愁”。第二种类型为“盲目跟风”型，这种类型的光棍，没有什么主见，社会上流行什么，他们就跟什么，是三种类型中的骑墙派，一旦风向有变，他们会立马转变立场，和光棍划清界限。最后一种为“郁闷发泄”型，这种类型的光棍一般因为种种客观的原因，处于想找对象但是还未找到的状态，是三种类型中最具光棍特性的一种，陈旭他们就属于第三种类型的光棍。

但是话又说回来，有心情在“光棍节”这天出来唱歌的人一般都不是真正的光棍，这就好比祥林嫂第一次诉说自己的悲惨遭遇，还能博得世人的同情，次数多了，连自己都麻木了，这个道理大家都懂。

因为没有位子，陈旭和张朝洋就转道去喝酒。找了一家饭店坐下，喝了一会儿酒后，张朝洋开始向陈旭倒苦水：“陈旭，你说论长相，我长得算不上难看吧。论工作，虽不是什么经理老板，但好歹也算个白领吧，怎么就没有人看上我呢?”说着说着，他开始激动起来。

陈旭答道：“张哥，说真的，你各方面条件都很好，主要是你眼光太高，一般人瞧不上。”

张朝洋似乎有点喝高了，说话也不怎么连贯了：“陈旭，说，说心里话，我现在，我现在都降低标准了，可是结果呢，还，还不是一样。”说完又把杯中的酒一饮而尽。

陈旭看到张朝洋的情绪似乎很低落，只能安慰道：“依我看，主要是缘分没到。”

张朝洋听了陈旭的解释，笑道：“缘分，我又不是长臂猿，哪来的‘猿粪’啊！”

陈旭让张朝洋逗乐了，但是心里却笑不起来，他自己也和张朝洋一样，只不过是50步笑100步，现在却在这里安慰别人，谁又来安慰他呢？

这时张朝洋酒也不喝了，正趴在桌子上睡觉，似乎已经喝醉了，陈旭头也有点晕乎乎的，招呼服务员过来结账，付完钱后扶着张朝洋出去了。

从酒店出来，一阵冷风迎面扑来，陈旭顿时感觉清醒了很多，他扶着张朝洋沿着街道走着，还没走两步，张朝洋突然挣脱陈旭的搀扶，自己跑到路边吐去了。

陈旭怕张朝洋跌倒，一直站在他身后，看到他吐完了，就问道：“张哥，你没事吧？”

张朝洋转过头，刚想要说话，突然又想吐了，他向陈旭摆了摆手，弯着腰站在那儿。过了一会儿，他说道：“没事，我就是这样，吐了就好了。”

陈旭上前要扶他，张朝洋却说他没事，可以一个人走，两个人就并排沿着街道走着。张朝洋突然大声唱起了歌：“抓不住爱情的我，总是眼睁睁看它溜走。世界上幸福的人到处有，为何不能算我一个……”

陈旭对流行音乐一直不感冒，以为它们都是无病呻吟。他记得曾经有一次在他家的楼下，他看到一个小孩，大概还没有上学的样子，光着屁股的站在一颗大树下小便，嘴里就哼着这首歌。可现在他仿佛是被张朝洋的歌声感染了，也大声唱了起来：“找一个最爱的深爱的想爱的亲爱的人，来告别单身。一个多情的痴情的绝情的无情的人……”

第二天，他们都没来上班，项目经理打电话问原因，他们都说病了，项目经理很郁闷：昨天又没来寒流，怎么两个人同时病了。

日子就在加班中一天天过去了。一天晚上，陈旭正在干活，接到一个电话，是大学同学郝彦打来的，说想找他聚聚。在大学时，郝彦睡他下铺，关系很铁，毕业后他去了上海一家硬件公司做销售，今天来滨城出差。没办法，陈旭只能请假。今天的活也快完了，陈旭还是费了好大的劲才说服项目经理同意，似乎还欠了他老大的人情。他简单处理了一下，没关电脑，因为明天把环境调好还得花半个小时，索性就不关了。下楼叫了辆出租车，直奔约好的餐馆。

到了餐馆，郝彦已经等候多时了。他满面红光，一副春风得意的样子，几个月没见，发了点福。见了面两个人相互吹捧一下，寒暄过后就坐下了。

待陈旭坐稳以后，郝彦问他道："怎么最近没有看你上QQ啊？"

"别提了，我的QQ号被人盗了，可怜我那极品QQ号啊。大学挂了四年，好几个太阳呢，该死的木马程序，我以前挺瞧不起那些玩木马的人，一点技术含量都没有，有本事自己写一个，用着别人写的程序在那儿装高手，没想到自己也中招了，现在懒得再申请一个了。"陈旭不无伤感地说道。

"那你没有申请密码保护啊？如果实在是找不回来的话，我听一个朋友说，可以打电话到腾讯客服，大多数是可以要回的。"

"试过了，都怪我那时候太傻了，听别人说网上注册的时候千万不能用自己的真实资料，所以申请QQ的时候，所有信息都是瞎写的。还以为自己多长个心眼，真是自作聪明，自作自受。"

郝彦听完哈哈大笑起来。

"你笑什么，该不会是你盗的吧。我的密码好像你以前是知道的?!”陈旭竟然怀疑起郝彦来了。

“说什么呢，我闲着没事做吗?别忘了，我的 QQ 比你还多一个月亮呢，我就是想起刚买电脑那会，不是设那个开机密码吗，我听别人说密码一定要设得复杂点，什么大小写混合、字母数字混合、长度不能少于多少位，我当时真的照做了，晚上开机的时候怎么也想不出密码，当时也不知道开机密码的破解方法，只好又重装了一遍系统，现在想来还觉得好笑。”说完话后，郝彦自个又笑起来了。

陈旭也跟着笑起来了，他接着郝彦的话说道：“是啊，那些前辈们真是‘毁人不倦’啊，一些道听途说的东西也敢拿来教别人。想想人家说得也有道理啊，是咱们自己用错了地方，看来还得回头学学鲁迅的‘拿来主义’啊。”

“是啊，不说那么多废话了，来干一杯。”郝彦说道。

几杯酒下肚，他们的情绪也上来了。陈旭也不注意自己的用词了，他问道：“你小子现在混得咋样?”

“马马虎虎吧”郝彦也不谦虚，“你知道的，做销售的就是累。整天陪客户吃饭、喝酒、有时还唱歌，活脱一‘三陪’，不对，连‘三陪’都不如。”还没说几句，郝彦就开始激动起来，唾沫星子喷了陈旭一脸。

“没有那么惨吧?我看你满面春风的样子，一点都不像。”陈旭笑道。

郝彦看陈旭不太相信他的话，接着说：“不说你不知道，有一次，我陪一个女客户吃饭，她大概40多岁，那嗓子真不敢恭维，唱唱也就算了，谁知她唱完还羞答答地问：‘小弟弟，我唱得如何?’。我靠！当时我就想直接吐她一身，还小弟弟呢？她再长几岁，可以做我妈了，谁让客户就是上帝了，我还得笑脸相迎，说‘我从来没听过这么好听的歌’。说完这话鸡皮疙瘩起了一身，好几天才消下去。”

“那她没骚扰你吧?”陈旭听完哈哈大笑起来。

“去你的，如果那样的话，那我还不如真的一头撞死得了。你想想看，我保持二十几年的贞操让一中年妇女给毁了，说出去我还有脸面活在这个世上吗？就算苟且偷生，那我如何面对我将来的媳妇啊！是不，陈旭?”郝彦一本正经地说道。

“别恶心我了，让不让人吃饭了，还‘保持二十几年的贞操’，看来真是‘近墨者黑’，怎么你说话也变得这么假起来了?”

“别人不了解我，你还不了解我吗？我是那种看见个妞就想泡的人吗?”郝彦义正言辞地问道，这让陈旭想起了当初入党宣誓时的情景。

“行了，在哥们面前就别装清纯了，你现在怎么样？怎么没在新公司泡个美眉？”陈旭赶快转换话题，他知道郝彦是那种特要面子的人，估计这样说下去是没完没了。

“还美眉。我们私底下都叫她们赛东施”郝彦叹了一口气，似乎已经彻底失望了，然后又接着问陈旭：“你们公司咋样？你这么帅，没钓几条大鱼吗？”

“我的情况比你也好不到哪里去。”陈旭也学郝彦的语气感叹道。

“看来哥们真是同命相怜啊，啥也不说了，来，干一杯！”郝彦把杯子举了前来。

“‘古来圣贤皆寂寞，惟有饮者留其名’，来，干杯！”陈旭也大声说道，举起杯子向郝彦的杯子碰去。

陈旭和郝彦聊了很多，时间仿佛又回到了大学的时候。他们抱怨待遇的不公、工作的不易。吃完饭后，他们去洗了桑拿，折腾到下半夜才散了。从洗浴中心出来，看着外面华灯璀璨的夜景，陈旭突然感到一阵空虚，这种空虚就像一种从外太空来的不明生物入侵人体，从心脏开始，迅速在全身蔓延，渗透到他身上的每一个细胞里去，仿佛要把他整个人都吞噬掉。

# 3

项目总体上进展的还算顺利，可是就在编码快要结束的时候，客户突然改了其中一个模块的需求。因为这个系统着急要上线，所以这期必须改完，而这个模块刚好是陈旭对应。

这天下午，陈旭正在埋头工作，项目经理突然找他谈话。他忐忑不安地跟着项目经理进入了会议室。坐下来以后，项目经理朝他笑了笑，说道：“小陈啊，最近精神状态如何，累不累啊?”

陈旭不知道项目经理葫芦里卖的是什么药，就小心翼翼地答道：“还行吧。”

项目经理点了点头，说道：“那就好”，接着又说道：“今天找你谈话的目的主要是……”他看到陈旭拘谨的样子，就安慰他说：“你不要太紧张。今天主要和你商量一下客户需求更改对应的问题，具体的任务上午已经给你发邮件了。这个系统客户下个星期就要上线了，所以这几天你得多下点工夫，把这个工作对应做好。”

陈旭心里在想：“客户要改我对应的模块的需求，当然是我对应了，项目经理何必亲自找我谈话？”

项目经理看到陈旭犹豫了一下，解释道：“我本来也不愿接受客户的修改请求，他们如果要改的话，也要等到下一期，可是那边催的紧，我如果拒绝了，会给客户留下很不好的印象，可能会影响到我们公司以后与他们的合作，所以我也没有办法，希望你能理解。”他略顿了顿，然后又接着说道：“我知道你最近一直很辛苦，工作完成得也很出色。现在项目进行到关键时刻，成败与否就全靠你了，我相信你也不会辜负大家对你的期望吧。”

项目经理的一番话说得陈旭热血沸腾，心里想：“古人云：士为知已者死，陈旭我再苦再累也是值得的，”他拍着胸脯对项目经理说：“一定完成任务。”

接下来的一周陈旭才明白项目经理为什么亲自找他谈话了，也怪他一时冲动，没有仔细分析任务的复杂度，可是覆水难收，自己已经答应项目经理了，只能硬着头皮撑下去，谁让自己是菜鸟了，别人一两句就让自己飘飘然，怪只能怪自己经验太少。这一周陈旭早出晚归，和室友几乎没有说上一句话，往往是他回来的时候，室友已经睡着了，而他出去的时候，室友还没有起床，这也让陈旭深刻体会到了起早贪黑的含义。

经过一周的努力，任务总算如期完成了，可却害苦了陈旭。因为长时间加班，他整个人瘦了一圈，黑眼圈也出来了。陈旭和同事开玩笑道，说如果有谁想拍个中国版的《荒岛余生》，他不用化妆就可以去演男主角了。还好系统如期上线，客户还特意表扬了陈旭一番，这让他很高兴，自己的汗水没有白流。

项目做完了，陈旭也闲了下来。因为前期加班较多，他积攒了不少的假期。过了几天，项目经理就发邮件给大家，让大家安排串休。陈旭现在还不想休息，他想等到春节的时候一起休，那样就可以在家里多待几天。陈旭以为和他抱有相同想法的人会很多，可是他发现其他人都陆陆续续地开始串休，有点不理解，于是就问张朝洋原因。

张朝洋解释说："公司的串休假只能在本年休，等到明年就过期作废了。你现在有时间赶快休，如果等到项目忙起来，就算你有串休假也休不了。"

陈旭听了似乎不太相信，说道："不会吧，公司这样做也太黑了吧！"

张朝洋冷笑了一声，说道：“我们公司算好的了，平时加班有加班费，周末加班还可以串休，有的公司根本没有加班费，他们找谁说理去！如果往大的方面说，网上不是经常报道拖欠农民工工资的问题，那些农民工又找谁说理去。”那神态俨然一个“愤青”。

虽然陈旭不认同张朝洋说的话，但是他又找不到充分的理由来反驳他。没有办法，陈旭只好把假期休了，这一休就是一周。周一再上班的时候，陈旭的精神明显好多了，黑眼圈也没了，同事们调侃他，说《荒岛余生》这么快就拍完了。

时间一晃就到年底，下个星期公司就要开年会了。大家都很兴奋，一来可以美美地大吃一顿了，二来还可以登台亮相娱乐一下，更重要的原因是，年会来了，春节也就不远了。私底下每个项目组都在组织排演节目，平时相对沉寂的公司也活跃起来了。

因为现在是项目空闲期，大家没有事可干，一般都会上网浏览新闻。可是公司现在实行上网管制，很多网站都上不去。对于公司实行的这个制度，员工们私底下怨言挺多，因为大家觉得，如果忙的时候，根本没有时间上闲网，不忙的时候，不上闲网也干不了活。这就好比经常在公司内网上看到这样的帖子，问怎么从公司辞职，答案很明显，知道答案的人都已经离职了，根本回答不了这个问题，有可能回答这个问题的人都还没有离职，所以也不知道答案。不过国人大抵都信奉“沉默是金”的原则，所以，抱怨归抱怨，公司的规章制度还得遵守。

这天下午，陈旭在办公室里没事可干，就和同事在邮件里聊天，聊了一会儿，觉得无聊，就喊张朝洋出去抽烟。他们俩来到了走廊上的吸烟处，走廊的一侧有一扇窗户，陈旭就把烟缸从桌子上拿到窗台上，两人在窗户边抽起烟来。

陈旭把烟点燃后，面对着窗户向外看去。深冬的阳光，透过厚厚的玻璃，静静地照射在他的身上。陈旭想起了以前，他经常会在冬日里一个晴朗的下午，搬一张椅子在阳光下，静静地躺在里面，什么也不用做，什么也不用想，只是慵懒地晒着太阳，那是冬天里最舒服的一件事。可是工作以后，陈旭发现自己几乎没有和阳光亲近的机会，往往上班时，太阳还没有升起，下班后，太阳已经落山了。

这时，张朝洋的声音把陈旭的思绪打断了，他问道：“陈旭，你打算表演什么节目啊？”

陈旭把脸转过来，回答道：“我什么也不擅长，表演啥？再说也没啥意思，我看别人表演就行了。”

“陈老弟，这你就不了解了吧。我们部门有一百号人。如果你表演个节目，一鸣惊人，那你就是我们部门的名人了。这年代，谁不想当个明星？就算你节目表演得一般，最起码混个脸熟，以后找个女朋友也方便点。”张朝洋说得是绘声绘色、眉飞色舞。

陈旭问道：“张哥，那你演啥节目啊？”

“我嘛，那就算了。天生不是这块料，这点自知之明还是有的。我现在真后悔上学时尽玩游戏了，也没学个才艺。真是‘书到用时方恨少，人处绝境才觉悟’啊，”张朝洋一脸的感慨，悔不当初。

陈旭调侃到：“张哥，我看‘人处绝境才觉悟’在你身上不适用。再说所有才艺都是后天学习的，哪有什么某人天生就会某样才艺之说，你这是在给自己找借口。”

张朝洋知道陈旭在讽刺他，怒道：“去你的，你自己不也是一样。”

陈旭看到张朝洋有点生气了，连忙说道：“张哥，开个玩笑而已。”接着他又很严肃地说道：“你我的悲剧并不是因为我们不优秀，而是由于我们程序员这个群体的特殊性所造成的。这是命，谁也改变不了。”

张朝洋看到陈旭滑稽的表情，哈哈大笑道：“我看你挺有表演天赋的，还说自己什么也不擅长，净是扯淡。”

陈旭也跟着笑了，心情却沉重起来。“人生如戏，”陈旭感叹道，他不由得想起了《楚门的世界》中那个可怜的楚门。

公司的年会安排在在一家五星级酒店。那天晚上，陈旭和同事一起打车到了那里。陈旭到的时候，大厅里已聚集了不少的人，每个人脸上都挂着微笑，熟悉的同事相互之间打着招呼，喜气洋洋的，如同过年一般。

酒店装潢的很豪华，金碧辉煌得有点俗气。在大厅的入口处，有一个女孩正在发礼物。那女孩扎着马尾辫，头发黑而密，仿佛墨浸过一般，小而翘的鼻子，薄而红的嘴唇，一双漆黑的大眼睛忽闪忽闪的，顾盼生姿，光滑的皮肤很好地诠释了“肤如凝脂”这个成语。但是脸上始终略带有一丝挥之不去的忧愁，惹人怜惜。

陈旭把女人分为三种类型：一种为“心灵美”类型，中国古代把心灵美称为“内秀”，无疑是一个褒扬人的名词，可是如今却转换了语义，成为人人唯恐避之不及的词汇。其实“心灵美”型女子的形成有着深刻的社会学逻辑，人是社会性动物，总是倾向于把自己最好的一面展现给别人，俗话说“女为悦己者容”，但容貌实在是自己难以控制的，尤其是在古代。而一个人的品德和修养却是可以后天培养的，所以相貌平平之人只能从品行修养上来提高自己。所以托尔斯泰说过，人不是美丽才可爱，而是可爱才美丽，但不是任何人可爱都能美丽。另一种为“外在美”类型。这种类型的女子乃天生尤物，可遇不可求。古人也曾说过：“宁不知倾城与倾国，佳人难再得，”综观中国五千年的历史，其间的女子不计其数，可惜流传下来的美女却屈指可数。“红颜”，一个令男人们心动的词汇，却和“祸水”结下了不解之缘，那些倾国倾城的佳人的命运在她们出生之前就已经注定了，虽然有人曾发出异议：“红颜非祸水，贱妾亦可惜。千忧惹是非，皆因尘俗起。”但是，改变不了人们根深蒂固的观念。最后一种类型为“特点”型。这种类型的女子虽然五官平平，没有太出众的外貌，品行也一般，但却有一两个特点让人怦然心动，属于三种类型中最为平常的类型，但却占据着芸芸众生的大部分。

每个人都会在心里勾勒出自己心上人的形象，也即人们通常所说的“梦中情人”，而那个女孩和陈旭心目中的“梦中情人”的形象惊人地吻合了，这给他心灵上造成的震撼可想而知。她具体属于哪种类型，陈旭也拿不准。他的脑子已经失去思考的能力，晚上发生了什么，已经全然不记得了，如同做梦一般。

晚会结束以后的日子里，陈旭整天魂不守舍，一幅腌黄瓜的模样。他脑子里除了那个女孩的身影，已经装不下任何其他东西了。每天上下班的时候，陈旭都会有意无意地扫视着过往的人群，期待着能再次遇见她，就为这事，他还被公司的保安拦下来询问好几次。虽然他最终出示了公司的证件，可是那保安还是半信半疑，搞得他上班好像做贼似的。他每天都祈祷着能再见她一面，可是“天不遂人愿”，最终还是一无所获。

# 4

时间如白驹之过隙，一晃快到春节了。

这段日子，陈旭正为买火车票的事而烦恼。每年要放假的时候，陈旭是既快乐又痛苦。快乐的原因是工作了一年，终于可以回家好好休息了，痛苦的原因是回家的火车票真是一票难求。这还不要紧，就算买到票，挤火车的经历也是不堪回首，那真叫“包子进去，馅饼出来”。

终于挨到火车站开始卖票的时间了。这天，陈旭为了能买到火车票，半夜就起床去火车站排队。外面虽说是半夜，可是却亮得如同白昼，能清晰地看见自己映在地面上的影子。天空中有一轮圆月，被一圈淡淡的光晕环绕着，显得冷清而又神秘。此时街道上冷冷清清，只听见风刮起地上落叶“沙沙”的声音，连个鬼影也没有。提起鬼影，陈旭不禁打了个寒颤，他紧了紧大衣，顺着马路走着，这时正好有辆出租车向他驶来，陈旭连忙打手势让它停下来，上了车。

到了火车站，时间已是凌晨，可是火车站里面依然人来人往，很远就能听见行人急匆匆的脚步声以及旅行包轮子和地面摩擦的声音，候车室的大厅两旁的暖气片边躺满了准备返乡的农民工，时不时还会从里面传来播音员那全国各地都千篇一律的声音：“开往……”

也不知道是因为有差点没赶上火车的经历，还是每次乘火车对于他来说都很刺激的缘故，陈旭每次来到火车站就会感到莫名的紧张。他深深地吸了口气，走进了售票大厅。进入以后，陈旭发现里面竟然还有人比他来得更早，没有办法，他只能排队。随着时间的流逝，买票的人越来越多。陈旭心想，自己排的这么靠前，一定能买着票吧。

自从上小学第一次排队做广播体操以后，排队已经成为陈旭生活中不可分割的一部分，到目前为止二十几年有限的人生经历里，一直都在忍受着排队带来的有形和无形的双重痛苦。上大学前，这种痛苦主要是由于高考造成的。每次考试以后，老师都会在教室里大声宣布这次考试的名次。陈旭经历着从开始的期待，中间默默地祈祷到最后的绝望这一心理历程。回家后又得忍受父母在自己身后的唠叨。上大学后，老师终于不在课堂上宣布考试的成绩了，父母就算想唠叨也是鞭长莫及，陈旭以为这下终于可以解放了，没想到随之而来的是更大的痛苦：每天上厕所要排队，洗漱要排队，吃饭要排队，坐公共汽车也要排队，反正有人去的地方统统要排队。这些倒是次要的，他还得和无数的同学去争取有限的奖学金、女生、研究生名额以及好的工作机会。

东北的冬天温差非常大，白天可能不太冷，夜里却寒气逼人。陈旭来东北已经有好几个年头了，因为总待在屋里，所以也不觉得冷。反而是他对家里的天气有点不适应，每次春节回去，陈旭都被冻得受不了，并因此受到家人的嘲笑，说他去了东北反而怕冷了。陈旭这回终于领教了东北的寒冷，身体控制不住地哆嗦，两只脚都快被冻僵了，他不停地搓手，时不时对着它们哈气，以换取一时的暖和。

外面的天空此时已经黑得伸手不见五指，陈旭知道这是黎明前的黑暗，离开始售票的时间越来越近了。突然他想上厕所，这可怎么办？陈旭在心里嘀咕着，向后面瞧瞧，队伍已经排到门外了。此时让他放弃现在的位置重新排队，等于之前排队的时间全都白费了。他犹豫了一下，对紧挨着他后面排队的那个中年男子说他出去上趟厕所，希望自己回来的时候还能排在这个位置，那名男子点了点头，算是答应了。

等陈旭上完厕所后回到自己位置的时候，突然听到后面有人在喊：“前面的人怎么插队啊”。陈旭回头望了望，想知道是谁插队。这时那个声音又响起来了："望什么望，说的就是你。"陈旭没想到刚才所说的插队的人就是自己，连忙向那人解释道："我没有插队，刚才只是出去上厕所了。"然后他指着他身后男子说道："不信的话，你可以问他。我刚才出去的时候和他说过了。"

陈旭本想他身后的男子一定会替他作证，没想到那名男子却面无表情地说道："我没看见。"陈旭一下子被气噎住了，那感觉就像吃了苍蝇一样。于是他大声地质问他道："我刚才明明和你说好的，你怎么现在又说没看见！"那男子眼都没抬，似乎不愿搭理陈旭，冷冷地说："没看见就是没看见。"

排队的人都议论纷纷：

"这么年轻还插队，一点素质都没有。"

"再不出来就报警了。"

陈旭听到后面有人起哄。他真想冲上去揍身后的那名男子，可是转念一想，别人可能并不知道他出去上厕所，他如果冲上去打他，别人看见的只能是他插队在先，打人在后，那他不就成了流氓无赖了吗？陈旭在心中挣扎了一会儿，最后还是忍气吞声地走到买票队伍的后面去重新排队。

等了半天，终于挨到陈旭了。他忐忑不安地来到了窗口前，最终还算幸运地买到了票。虽然买票的过程比较坎坷，但结果还算圆满，陈旭也就乐滋滋地回去了。

剩下来就是等待春节的到来，陈旭每天都掐着手指计算着距离放假的天数，也没心思工作了，还好这段时间工作也不忙，他每天就上上网打发时间。终于熬到了放假，陈旭归心似箭，一刻也没有停留，直接踏上了回家的征程。

火车还是一如既往的拥挤，陈旭好不容易才挤上车，艰难地找到了自己的座位坐下了。坐下来以后，陈旭没事可干，眼睛就漫无目的地扫视着车厢，此时过道里人头攒动，嘈杂得如同赶集一般。陈旭想到各式各样的人，从天南海北汇聚到此，过年了又匆匆忙忙地赶回去，是什么东西有这么大的力量，可以在无形中默默地主宰着这一切？正想着，他看见前面有一个女孩，正举着一个很大的旅行包，想往行李箱里面放，因为身高不够，所以她踮着脚，一幅很吃力的样子。陈旭站起来，很轻松地帮她把旅行包放了进去。

那女孩整理了一下衣服，一幅如释重负的样子，然后朝陈旭微微一笑，说道："谢谢。"

陈旭正想说不用谢，却惊奇地发现她就是那个在年会上遇见的令他寝食难安的女孩，差一点脱口叫了起来，他努力控制了一下自己激动的情绪，答道："不用谢。"

那女孩就在他对面的位置做了下来。可能是火车上的暖气比较热，刚才又赶得急，所以她就把外套脱了拿在手里，在座位上喝着饮料。

陈旭仔细打量着那女孩，她今天穿了件淡青色的毛衣，高耸的胸脯散发着青春的活力。头发没有扎起来，蓬松地披散在身后，洁白的额头上渗出几粒细细的汗珠，有几缕头发贴在脸颊上，更添加了几分女性的妩媚。

那女孩开始还在喝饮料，后来发现对面的这个人一直在盯着她看，就放下饮料的瓶子，两只大眼睛询问似地望着陈旭。

陈旭这时才发现自己的失态，他可不想在她的心目中留下一个不好的形象，急中生智地问道：“你是锐志公司的吗?”

那女孩先是吃了一惊，答道：“是的”，然后又很兴奋地问道：“难道你也是?”

陈旭朝她笑了笑，算是默认了，然后自我介绍道：“我叫陈旭。”

那女孩莞尔一笑，说道：“我叫杨若依。”

这时火车“咣当”一声震动了一下，紧接着好像后退了一下，发出“呲呲”的声音，然后才正式起动。车厢里嘈杂的声音也逐渐和谐起来，只能听见人们聊天的声音以及火车轮子和轨道摩擦发出的“咣当当”的声音。

火车驶离了滨城，轰隆隆地向前开着。

陈旭和杨若依相对而坐，似乎都在全神贯注地看着窗外，其实外面也没有什么好看的风景，只是俩人为了不至于因为对视而尴尬，不约而同地选择了把目光朝向了窗外。

陈旭顺着窗户向外望去，车外的景色慢慢地映入眼帘，转眼又消失了，显得清晰而又迷茫。他想起了自己上大学的时候，每天都自欺欺人地背着书包去上课，其实就是应付老师的点名，其余的时间大都无私地给了电脑，为网游产业的发展默默地贡献一份微薄的力量。生活，在一成不变的单调乏味中慢慢变质，而陈旭，也在无聊的生活中慢慢地颓废下去。虽然他也不想堕落下去，却也无力改变什么，这就像在你面前放一盒巧克力，或许你永远不知道下一块是什么味道，但是你已经失去吃它的勇气。和其他人一样，“郁闷”也成为陈旭当前的流行语。工作以后，陈旭以为生活能有所改善，可是内心的空虚和迷茫却日甚一日。虽然软件行业顶着高科技的光环，其实干的是看似脑力活的体力活。陈旭工作才半年，可是已经明显感觉体力不如以前，眼睛干涩，颈椎疼痛，原来在大学里辛苦锻炼成的腹肌现在也若隐若现。

最苦闷的还是精神上的空虚，日复一日机械地编程，和机器打交道的时间多于和人的接触，沉默也慢慢变成了一种习惯，前途迷茫。想来想去，在年会上遇见杨若依竟是这半年来最令陈旭快乐的事。

正当陈旭遐想的时候，突然有一辆火车擦着车窗呼啸而过，吓了他一大跳。快速行驶的列车让人目眩，陈旭急忙转过头来，视线正好与同样转过头来的杨若依的视线碰到一起，两人又相视一笑。

因为也没有其他事可做，陈旭就和杨若依聊起天来。他从杨若依的口中知道她和他同一年进入公司，不过是学人力资源管理的，他还了解到他俩居然是老乡。

相互熟悉以后，他们的话题也就放开了，天南地北、海阔天空地侃侃而谈。虽然他们认识不久，却没有陌生人刚见面时应有的拘谨和不安，好像已经是相识多年的老朋友。说累了，他们玩起了脑筋急转弯的游戏。

陈旭问道："唐僧姓什么？"

杨若依笑着说："唐僧当然姓唐了，不会这么简单吧？"

陈旭哈哈大笑道："当然不是了。唐僧生于唐朝，又是个僧人，所以后人叫他唐僧。唐僧是个虔诚的佛教教徒，当然'信佛'了。"他们是南方人，姓和信不分。

陈旭接着问:“世界上什么猪最便宜?”

杨若依沉思了一会儿,回答道:“玩具猪”。

“不对”陈旭看她回答不出来,就说出了答案:“应该是‘泰铢’”。然后他接着问:“那什么猪最贵呢?”

杨若依这次有了经验,她思索着世界上的货币,可是想了半天也没找到一个合适的答案,没有办法,只能认输。

“应该是金猪”陈旭笑着回答道。

“是啊,是啊,我怎么没有想到呢?”杨若依拍着自己的脑袋,一副懊恼的表情:“我真是太笨了,让你见笑了。”

“哪有的事,我这也是从网上看来的,当时我也没有想到,而且这种问题的答案也不是唯一的。那我讲些笑话给你听吧。”陈旭说道,“有一次,我晚上做梦,听到了一个笑话,感觉挺好笑,就把它记在我家墙上的挂历上。当时还想,如果用脑子记的话,醒来的时候可能就忘了,记在日历上就不会忘了。”

杨若依扑哧一声笑了,说道:“看来我还不是最笨的人啊”。

一路上陈旭口若悬河,一改平时的沉默寡言,逗得杨若依喜笑颜开,阵笑连连,他自己也纳闷,自己竟有这等口才,怎么以前不曾发现?

时间过得真快，陈旭就要到站了。以往陈旭总是抱怨火车开得慢，盼着火车能提速，可是这次，他却希望火车开得越慢越好。以往每次乘坐火车的经历，对于陈旭来说，都如同炼狱般的煎熬，恨不得马上到站，可是这次，他却希望火车能晚点进站。

最终火车还是准时到站了，陈旭和杨若依交换了联系方式后，依依不舍地告别了。

# 5

陈旭回到了家里，因为一年没见了，陈旭妈整天跟在他后面嘘寒问暖、问这问那，但是每次谈话的话题最终归结到一点，那就是他找女朋友的问题。她每天张罗着帮他介绍对象，还动员亲戚和朋友一起帮忙。母亲忙得不亦乐乎，陈旭却对此一点也不感兴趣，一提到介绍对象，他的头就大了。都什么年代了，还介绍对象？说出去恐怕得让人到医院镶牙去。虽然反感，不过提起对象，陈旭还感觉挺亲切的。什么面向对象的编程技术、面向对象的设计原则与设计模式啊。他突发奇想：如果有谁编个面向“对象”谈情说爱的技巧，在程序员中一定受欢迎。

一天晚上吃饭，陈旭妈对陈旭说：“我们院的王阿姨搬回来住了。”说完以后似乎是怕他记不起来了，特意强调道：“就是小时候经常欺负你的那个柳青青的妈妈。青青，你不会不记得吧？”

柳青青是陈旭小时候院子里的玩伴，小他几岁。别看她是个女孩（名字听起来也很淑女），可是当时却是相当厉害，记得那时候他们小区和陈旭同龄的大概有十来个孩子，她是这帮孩子的头儿，是名副其实的“孩子王”。陈旭当时可没少吃她的亏，每回他俩发生矛盾，都是以王阿姨买糖哄他别哭收场。但是上了小学以后，不知什么原因，他们家就搬走了，以后陈旭就再也没有看见过她。

陈旭漠不关心地说道：“是吗，不过他们搬回来和我有什么关系啊。”

陈旭妈用筷子打了他头一下，说道：“你看你这孩子，我和你好好聊天，你这是什么态度呀！”

陈旭把碗筷一放，有点生气道：“妈，我又不是小孩子，你能不能别老拿筷子打我？你看你这都打习惯了，我的头皮上这块都被你打的凹下去了。”说完他还用手比划着他脑袋上的位置。

陈旭妈笑道：“你就少在我这贫了。跟你说正经的，听说他们家柳青青还是个海归，现在在一家外企工作，而且人长得也挺漂亮的。”

陈旭一本正经地说道：“妈，我不是和你贫嘴，我是认真的，你说我这要是被别人看见了，多不好意思。况且我的头发已经一周没洗了，你这样也不卫生啊。”

陈旭妈也严肃道：“我跟你说正经的，别东扯西扯的。”说完她到自己的卧室，从里面取出一盒礼品，对陈旭说道：“你明天带上这个礼物，去王阿姨家一趟。”

陈旭知道他如果不答应的话，母亲一定会唠叨个不停，而且她一旦开个话头就会说个没完，就答道：“知道了。”

陈旭妈这才笑道：“这样才对嘛，看妈为你操多少心，自个儿也不好好想想。”

第二天，陈旭穿了件新衣服，胡子也刮了，在经过陈旭妈的再三整理后，带上她特意买的礼物出门了。

今天是陈旭第一次穿西装，平时运动服穿惯了，乍一穿上西服，那感觉别提有多别扭了。本来陈旭不想穿西服，可是妈妈非要他穿它，说什么这样才像成功人士，他也没有办法，但是有一点陈旭始终没有明白：成功和穿西装有直接的联系吗？况且他也不是什么成功人士。

陈旭整理一下衣服，按响了王阿姨家的门铃。

出来开门的是一个很年轻的女孩，陈旭小心翼翼地问道：“请问这是王阿姨家吗？”似乎是怕她误解，又强调道：“是王桂芳王阿姨家吗？”

那女孩先是一怔，以为来人是找她的，可又不认识，她又很疑惑，这么年轻的小伙找她妈干什么。陈旭看见眼前的女孩像变脸似的瞬间换了好几个表情，也一怔。“青青，是谁找我啊？”从屋里传来一个和蔼的声音，陈旭这才回过神来，对着屋里说道：“王阿姨，是我，我是陈旭。”“原来是陈旭啊。青青，还在那儿愣着干啥，赶快请人家进屋啊。”王阿姨这时从里屋出来，到门口欢迎陈旭。

柳青青这回又换了一个吃惊的表情，嘴巴张得大大的。等陈旭进了屋，她还傻傻地站在门口，似乎不敢相信眼前的这个人就是她小时候经常欺负的小胖子。

也难怪柳青青这么吃惊，她和陈旭也快十几年没见面了。其实柳青青吃惊的主要还不是陈旭长大了，而是他的体型，谁能相信小时候出了名的小胖墩儿现在却瘦得跟个难民似的。记得那时候，每个大人看到陈旭胖乎乎的小脸蛋，都会忍不住上来捏几下。害得陈旭在相当长的一段时间内，只要看见大人笑呵呵朝他走来，就会吓得跑得老远，如同看到鬼似的。而现在，陈旭却骨瘦如柴，仿佛这些年来他只长了身高，体重却没有增加，只是在原来的基础上，被人提着脑袋和腿脚，然后用力一拉，就变成了现在这幅模样。

吃惊的可不仅仅是柳青青一人，陈旭也无法相信眼前这个漂亮的女孩就是以前经常欺负他的柳青青，人都说女大十八变，柳青青看来都会七十二变了。

王阿姨热情地招呼陈旭到客厅的沙发上坐下后，从头到脚仔细打量他一遍，说道："长这么高，阿姨都快认不出你了。我记得离开这里的时候，你刚上小学，算一算，十几年过去了。"王阿姨看到陈旭，似乎联想起无数往事，感慨良多，唏嘘不已。

柳青青在一旁笑道："妈，自从搬回来住以后，你都感慨多少次了。我看如果《艺术人生》找你当主持人，那收视率绝对比朱军高。"

王阿姨沉下脸来，对柳青青说道："青青，你也学学陈旭，虽然比你大几岁，你看人家多懂礼貌。"

柳青青朝陈旭吐了吐舌头，做出一副很无辜的表情。

王阿姨又和陈旭聊了聊他工作的事情，中午还留了他吃午饭。吃完饭以后，柳青青拉着陈旭，让他陪她一起出去逛街。

他们打车来到了新街口，柳青青下车后就直奔金鹰和德基广场。陈旭以前也就去过中央商场或者新百逛过，那两个地方很少去，因为他知道，去了也买不起，何必自寻烦恼，而且德基广场好像新开业不久，柳青青不是才回来，她怎么这么快就知道了呢?

逛了半天，柳青青向陈旭抱怨道：“南京就是个小地方，连 LV 和 PRADA 专卖店都没有，想买个包都买不着。”

陈旭指着前面不远处的一个卖包的柜台说道：“那儿不是有很多包卖吗？而且质量我看也挺好的。”

柳青青摇了摇头，对陈旭说道：“不是我喜欢的品牌。不过这儿的化妆品还挺多的”。她朝陈旭看了看，看到他很疲惫的样子，就拉着他的胳膊，说道：“陈旭哥，你再陪我逛逛，好吗?”然后很期待着望着他。

陈旭此时已经有点累了，但是看到柳青青很期待的样子，也不忍心拒绝她，就强打起精神说道：“好的。”

他们又继续逛，最后柳青青买了一瓶香水，价格却抵上陈旭半个月的工资。陈旭在心里替柳青青惋惜，可是柳青青本人似乎还挺高兴的，说 CHANEL 很少打折的。

从商场出来的时候，天已微微发暗了，柳青青对陈旭说她肚子有点饿了，想去夫子庙吃点小吃再回去，两人又打车到了夫子庙。

夫子庙是孔庙的俗称，原来是供奉和祭祀孔子的地方，如今却成了商业街和小吃街的代名词。曾几何时，十里秦淮，人文荟萃，富贾云集，画舫凌波，成江南佳丽之地。两岸的乌衣巷、朱雀桥、桃叶渡，千百年来流芳后世。而如今的秦淮河畔，商铺林立，游人如织。各种小贩的叫卖声与游客南腔北调的语音混杂在一起，显出一派繁杂景象。夫子庙，也和中国其他地方的文物古迹一样，趋于世俗化了，如同那广为流传的秦淮八艳，虽国色天香，一代佳人，亦不免落入青楼，以色事人，最终更归于一声叹息。

逛了一下午，陈旭也有点渴了，就对柳青青说道：“咱们去喝碗‘回味’鸭血粉丝汤吧，我已经很久没喝了，挺怀念的。”

没想到柳青青却面露厌恶之色，说道：“我可不喝。听说咱们这里有的鸭子，被杀之前，都不让吃不让睡，被赶着在桂花树林里来回跑，这种做法实在是太残忍了。”

陈旭不以为然地说道：“他们怎么虐待鸭子和我们又没有什么关系，只要做得好吃就行了，我们管那么多干啥！”

柳青青有点生气，她说道：“鸭子也是有生命的，德国的哲学家康德曾经说过：‘人必须以传递之心对待动物，因为对动物残忍的人，对人也会变得残忍。’”

陈旭也有点不高兴了，心想：不就是喝个汤吗，她柳青青还拿出这么多大道理来，于是反问道：“你小时候不是也经常喝吗？怎么现在就不能喝呢？”

柳青青说道："那是因为我当时年少无知。"

陈旭听了柳青青的回答，有点生气了，心想她虽然人长得比以前漂亮多了，可是对人的态度还像以前那样盛气凌人。他激动地问道："你的意思是说我无知？"

柳青青没想到陈旭会生气，有点不知所措，她急忙说道："陈旭哥，我不是那个意思。"

其实陈旭也知道柳青青不是说他，可能是小时候被她欺负久了，在他脑子里已经形成一种偏见，她做什么都是盛气凌人的，不管柳青青如何弥补，也无法改变陈旭脑子中这种根深蒂固的想法。他借口有些头疼，送柳青青回家了。

回家以后，陈旭妈跟在他屁股后面，追问他情况如何，折腾了半天，陈旭的头真有点疼了，不耐烦地对母亲说，他和柳青青根本就不适合。

陈旭妈看陈旭的态度那么坚决，也不好再强求，这事也就过去了。

一眨眼到了除夕，睡觉之前，陈旭妈依然如同往年一样，在陈旭的面前叮嘱这叮嘱那的。

陈旭听得实在有点不耐烦了，就对母亲说道："妈，我又不是小孩子，再说您那一套都是迷信。"

妈妈作势上来要打他，说道："你看这孩子，个子都长这么高了，怎么还乱说话。什么迷信，妈都这把年纪了，知道的还没有你多吗？还嫌妈唠叨，不教育你什么也不知道。”

陈旭一面躲闪，一面继续嬉笑道“妈，我不是嫌您唠叨，只是说您不必那么认真，过年就是图个开心嘛，您看您把自己整的神经兮兮的，累不累啊？再说外国人都不过年，他们明天也有这么多禁忌？”

陈旭妈见打不着他，也就罢了。她坐在陈旭的床沿上，说道“我是说不过你，但这是祖宗传下来的规矩，祖祖辈辈都这么过的，就你不能遵守。再说宁可信其有，不可信其无。你就是不让妈省心，快过年了还来气我。”说着竟呜咽起来。

陈旭见他母亲伤心起来，一时慌了神。他急忙安慰道：“妈，我这和您说着玩的，您怎么当真了？再说大过年的，你哭多不好啊。”

陈旭妈掀起衣角擦了擦眼泪，哽咽道：“妈不是因为这个伤心，你看你也不小了，现在也工作了，什么时候才能懂事，让妈少操点心。”

陈旭看到他母亲似乎真的伤心了，有点过意不去，就说道：“妈，我知道您的意思，我会尽快找个媳妇，好让您也快点儿抱上孙子。”

妈妈这才破涕为笑道："这话说得还沾点边，早点睡吧。对了，这是给你的压岁钱，塞在枕头下面。"说完她从口袋中掏出一个红包递给陈旭。

"妈，我都这么大了，已经工作了，怎么您还是拿我当小孩来看?"陈旭一脸的不情愿，和小时候的反应已是天壤之别。

"哪天你结了婚娶了媳妇，妈就不给你了。"陈旭妈又开始激动起来。

陈旭把被子拉开盖住了头，然后又把头伸出来道："知道了，妈。您快回房睡觉吧，一会儿天该亮了。"

"我知道你又开始不耐烦了，但我的话你一定要往心里去。"她关上灯，掩门出去了，出去之前，还不忘叮嘱陈旭一句。

陈旭妈出去之后，陈旭却睡不着了。他把枕头竖起来，身体坐直后，把头靠在上面。此时从外面传来一阵密密麻麻的鞭炮声，此起彼伏、震耳欲聋，屋子时而被外面的鞭炮和烟花照的通亮，时而又是漆黑一片。午夜已过，新的一年来临了，陈旭思索着母亲的话，其实不用父母在后面督促，他自己又何尝不想找个女朋友?可找女朋友又不是买菜，随便哪个市场里就能找到。茫茫人海，谁才是自己生命中的另一半?此时，杨若依的身形浮现在陈旭的脑海中。这一夜，陈旭失眠了。

# 6

柔媚的阳光，和煦的暖风，满眼的绿色。春暖花开，又是一个春天来到了。

其实不仅动物会冬眠，人也一样，经过一个冬天的蛰伏，路上的行人渐渐多了起来。一阵暖风吹过，树上的叶子越来越多，人们身上的衣服却越来越少。在叶子刚刚长满树杈的时候，女人身上的衣服就已经“衣不蔽体”了。改革开放最直接的成果就是越改革，女人身上穿的衣服越“开放”。如果古代的人不小心走到现在的街道上，有幸没有出车祸，看到此番情景，恐怕不是两眼发直鼻孔喷血致死，就是羞愧难当而亡。

因为新项目还没有来，陈旭最近一段时间一直闲着。每天他依旧照常上下班，可是上班后却不知道干点什么。而且春天来了，人也变得疲倦起来。陈旭每天上班的目的仿佛就是和瞌睡做斗争，等到斗争胜利后终于清醒时，差不多也就快到下班的时间了。刚开始，陈旭还挺兴奋的，心想，什么也不干还照常拿着工资岂不是很爽！可是时间长了，唯一的感觉就是无聊。而且每天对着电脑屏幕，游戏不能玩，浏览新闻还必须偷偷摸摸跟做贼似的。更让人郁闷的是其他项目组的同事还挺忙，经常加班，这更显得他游手好闲。

陈旭郁闷还有一个原因：他现在多么地想和杨若依见面，可是没有好的借口，他又不好意思主动约她。他整天陷于这种内心的挣扎之中，忍受相思之苦。实在无奈，陈旭打算把这事和张朝洋说说，一来派遣心中的郁闷，二来也希望他能有个好的建议。

这天，陈旭和张朝洋像往常一样到外面吸烟。张朝洋看到陈旭最近一副失魂落魄的样子，就问他道："陈旭，看你最近愁眉苦脸的，有什么烦心的事吗？"

陈旭答道："也没什么，就是看新闻实在太累了，整天闲着心里挺虚的。"

张朝洋听了以后哈哈大笑道："一看你就是刚工作不久，欠剥削。还是好好享受一下现在的空闲时间吧，估计等新项目来了，又累得像头驴似的。"

陈旭笑道："是啊，没办法，天生就是受剥削的命，一天不被剥削，还真感觉不舒服了。"他心里琢磨着那事怎么和张朝洋说，似乎是下了很大的决心，换了一个他可以接受的方式："听说部门成立了一个鹊桥协会，现在正招收会员，你报名了没？"

针对程序员单身比较多，和异性接触机会少的情况，一般比较大的软件公司的工会都会组织"相亲会"之类的活动，旨在解决员工的生活问题。但这类活动到最后往往是雷声大雨点小，原因有二：第一，习惯成自然。那些单身的程序员大多缺乏爱情的体验，他们的生活还算比较自在，所以也就没有尽快结束单身的迫切意愿。第二，"面子"问题。中国的高学历群体，特别注重所谓的"面子"。而程序员，作为高学历群体的代表之一，往往认为通过公司组织的类似于相亲性质的聚会解决自己的婚姻问题，那无异于对他们能力的侮辱，好像靠他们自己的能力找不到对象似的。所以，他们宁愿一直处于单身状态，也不愿参加这类的活动。

陈旭以为张朝洋一定会对这个话题感兴趣，没想到他却是一副很不屑的神态，洋洋得意地对他说道："你这是在埋汰我吗？告诉你吧，我现在已光荣摘掉光棍的帽子，下个月就要登记结婚了，现在离告别单身时代只有一步之遥。"

陈旭大吃一惊，简直不敢相信，这是不是忒快了点吧！

张朝洋看到陈旭一脸狐疑的表情，不快地说道："你还不相信？什么叫‘士别三日，当刮目相看’，你得用发展的眼光看问题，现在软件开发不是也强调敏捷吗？你以为还是像以前那样经过介绍、相处、恋爱，然后到结婚的爱情马拉松的过程。现在是什么年代，时下正流行‘闪婚’。网上不是流行一句话，3 秒钟可以爱上一个人，5 分钟可以谈一场恋爱，7 小时就可以确定终身伴侣……我这已经认识半年了，够长了。”

陈旭笑道：“还真没看出来，张哥，你还挺前卫的。给我讲讲，你追女朋友有什么秘诀？”

张朝洋故作神秘道：“要说秘诀当然有，可那是我历经无数次的挫折和失败后方才总结出来的，岂能随便传授于人。”

陈旭也只能顺着他的话，说道：“张哥，你这是脱离苦海了，可小弟我还处于水深火热之中，你可不能见死不救啊？”

“好吧，看你这可怜兮兮的样子，大哥我当然不能袖手旁观，就把我这几年总结出来的经验传授与你。追女朋友的秘诀之一就是‘脸皮厚’，再者就是‘广撒网’，你只要按照我的方式去做，保证你半年之内摆脱单身的状态。”

陈旭听完后点头称赞，随即又问道：“张哥，你的话一点问题没有，不过我有个疑虑，不知道该问不该问?”

张朝洋笑道：“我俩谁和谁啊，有什么事你就问吧，朕赦你无罪。”

陈旭答道：“你们刚认识不到一年就结婚，是不是有点太仓促了？你可不能因为前面的失败，现在有人委身于你，就被幸福冲昏了头脑。”

张朝洋笑道：“你说的很有道理，我父母也是这样劝的，但是你看我现在像是思维混乱的人吗？俗话说：一岁看大，三岁看老，恋爱大概也是如此。正因为我之前有太多失败的例子，才知道我真正喜欢的人是什么样子。”张朝洋一副过来人的口吻。

陈旭说道：“张哥，我看我不是对你刮目相看，简直是佩服得五体投地，一番话讲得我是醍醐灌顶、如沐春风啊”

“得了，说两句就行了，好话也不能当饭吃。”张朝洋哈哈大笑起来，然后他拍着陈旭的肩说：“陈旭，你得加油啊。”

一晃好几天过去了，陈旭还是没下定决心主动约杨若依见面。虽然张朝洋的话很有道理，但是他终究做不来。根据弗洛伊德的精神分析学观点，人的深层心理结构分为潜意识、前意识和意识三个层次，他在潜意识的基础上提出了

“情结”这个概念，其实“情结”广泛存在于人的意识之中，例如“处女情结”、“俄狄浦斯情结”以及中国古代文人的“寂寞情结”等等。陈旭的心中也有个“缘分情结”，他认为缘分乃天注定，任何精心和刻意的安排都会给缘分打上折扣，始终期待着能和杨若依再次不期而遇。

这个星期六，部门组织去春游。陈旭本不想去，可是拗不过张朝洋的再三请求。张朝洋劝他说，部门的人都会去，说不定你有机会认识几个美女。陈旭一想，既然如此杨若依也一定会去的，就同意了。

星期六的早晨，陈旭很早就起床了。临出发之前，他在镜子前照了半天，换了几套衣服以后才心满意足地去了公司。

下了公交车，陈旭远远地望见公司门前的马路边上停着两辆大客车，里面似乎已经坐满了人，陈旭加快了脚步。上了第一辆车，陈旭发现里面的座位真的已经坐满了。张朝洋也在里面，他对陈旭抱怨道：“你怎么才来啊！人这么多，我也不好给你占座。”

陈旭朝他笑了笑，说道：“早上起晚了，我到后面的那辆车看看，到了再联系。”然后他转身就下车了。第二辆车也快坐满了，只有后面还有几个空位置。他侧着身体向后面走去，快到的时候，他惊喜地发现杨若依也在车内，心激动得蹦蹦直跳。杨若依也已经看见了陈旭了，她朝他笑了笑，算是打了招呼。陈旭也朝她笑了笑，在她身后的座位坐下来了。

杨若依的身边坐着一个女孩，可能是她的同事，此时她们俩正在亲密地交谈着。陈旭坐在她们的后面，心猿意马，他尽量控制着自己不去偷听她们的谈话，可还是忍不住想知道她们在谈论什么。他把身体坐直了，这样离得更近些，可正当陈旭伸长耳朵想听清楚的时候，突然看见杨若依和她的同事捂着嘴笑了，心里一惊，难道自己被她们察觉了？想到这里，陈旭的脸“唰”的一下从脖子红到了脚底，赶忙把身体收了回来。坐了一会儿，陈旭发现杨若依和她的同事交谈了一段时间，又捂住嘴窃窃地笑着，意识到她们并不是笑他，这才松了一口气，把吓得从嗓子眼里跳出来的心咽了下去。

汽车在公路上欢快地向前行驶着，渐渐远离了城市的喧嚣。向窗外望去，首先映入眼帘的是一大片碧绿的草地，远远地望过去，就像绿色的海洋。更远处，油菜花也开了，一朵朵油菜花就像金色的蝴蝶，在春风中翩翩起舞。陈旭把窗户打开了一点，带着花香的微风立刻迎面而来，轻轻地拂过脸颊，就像爱人的手抚摸一般，让人心旷神怡。

汽车行驶了一段时间，缓缓地转向一条乡村小道，然后在一块空旷的地方停下来了。大家陆陆续续地从车上下去。陈旭下了车以后，看见张朝洋朝他挥手，就走了过去。

张朝洋看到陈旭走过来，抱怨道：“你今天怎么回事，怎么走路也慢腾腾的?”

陈旭朝他笑了笑，辩解道：“又不是去相亲，那么急干啥?”

此时，其他人都三五成群地结伴朝目的地走去，陈旭和张朝洋也随着队伍缓缓地向前走着。路上的行人很多，他们走了大概五分钟的路程，就来到了一个由白色和粉色点缀而成的樱花的世界。

正值樱花盛开的季节，陈旭仿佛置身于花的海洋。放眼望去，满树烂漫、繁英如雪、极为壮观，一簇簇樱花挂满枝头，热烈地绽放着。论起单株的樱花，妖娆艳丽比不上玫瑰，雍容华贵也不及牡丹，甚至可能还不如桃花好看，但是如果要论起整体的美，没有任何一种花能比得上樱花，那美是那么的触目惊心，那么的摄人心魄，绝对能够让你陶醉其中而流连忘返。

张朝洋向陈旭介绍，再过几天，等到樱花凋谢的时候，花瓣会漫天飞舞，如同下雪一般。那时候，你如果能带着女朋友来到这里，一定是件无比浪漫的事情。虽然张朝洋在一旁不停地向陈旭介绍樱花，陈旭的心思却不完全在赏花上，他的眼光在人群中搜索着杨若依的身影。

陈旭张望了半天，也没有在人群中发现杨若依。正当他垂头丧气的时候，突然被身后一阵清脆的打闹声给吸引了，他转过头来，看见一对双胞胎小女孩，正在草地上嬉戏。那对双胞胎穿着一模一样的衣裳，每个人都梳着两条长长的小辫子，头上还扎着个头巾，甚是可爱。看了一会儿，当陈旭转过头来想继续往前走的时候，正好看见站在樱花树下拍照的杨若依。

杨若依今天穿着一身桃红色运动装，白色运动鞋，显得光彩照人。她站在一棵樱花树下，手扶着一枝坠下来的樱花，对着相机镜头笑。从陈旭站的地方看过去，杨若依仿佛就是美丽的花仙子，正置身于烂漫的樱花丛中，冲着他笑一样。

陈旭一阵心动，樱花的花期一般只有三到五天，但是它却选择了在自己最辉煌的时候凋谢，用自己的生命很好地诠释了“生如夏花之绚烂，死如秋叶之静美”的意境，而自己连向自己喜欢的人表示的勇气都没有，想到此，陈旭为自己的胆怯而感到羞愧。

# 7

春游之后，陈旭决定主动约杨若依出来。

周末快到了，陈旭给杨若依写了一封邮件，说有一场好看的电影，问她有没有时间一起去看。写完后又仔细检查了一番，看有没有语法错误。其实邮件就一两句话，陈旭竟然看了半天，心里还在犹豫是否真的要发。迟疑间有人敲门，陈旭下意识地抬头，手就在鼠标上点了一下，等他的目光重新回到屏幕前，发现那封邮件已经发出去了，脑子“嗡”的一声，心想这下完了。

陈旭坐在电脑前，脑子里一片空白，因为紧张和担心，额头上都渗出汗来。自己这么做是不是太唐突？如果杨若依不同意怎么办？此时陈旭心乱如麻，如坐针毡一般。过了一会儿，电脑的右下角弹出一个对话框，有新邮件到了。陈旭心怦怦直跳，忐忑不安地用鼠标点击那信封模样的小图标，因为紧张连续点了几下，才把新邮件打开，果然是杨若依的回信，她爽快地答应了。

陈旭兴奋得差点从椅子上跳了起来，如果没有天花板，他估计会朝着太阳大声喊：我不是在做白日梦吧？陈旭深深地吸了一口气，努力使自己平静下来。过了一会儿，他又给杨若依回了邮件，约她第二天下午在电影院的门口见面。

现代通信技术的发展，使天涯成为咫尺。以前一段美好的姻缘，可能因为当事人的羞涩和胆怯而难以成就，当青涩褪去，两个人重逢的时候，除了唏嘘不已，就是感叹造化弄人。而现在，一封邮件、一个短信就完成了搭讪和示爱的功能，所有面对面时的胆怯和尴尬全都不存在。

星期六的早晨，太阳刚露出了脸，陈旭就起来了。以前这个时候，正是他睡觉的大好时光，可今天，他却起了个大早。其实这也并不是他自愿的，他也想睡个懒觉，可天刚微亮，他就醒了，然后无论如何都睡不着了。没办法，陈旭只能起床，总不能睁着眼睛躺在床上数山羊吧？

起来以后，陈旭洗完脸，就推门出去了。外面天气很好，阳光明媚。

今天是陈旭工作以来，第一次起早出来跑步，他沿着小区的街道慢慢跑着，嘴里哼着小调，欢快得如同停在树梢上叽叽喳喳叫不停的小鸟。突然间，陈旭不小心被路边的石块拌了一下，然后他的腿仿佛被施了魔法定住了，身体却因为惯性向前面扑去。伴随着“啊”的一声男高音，陈旭以一个向情人拥抱的姿态向地面跌去。

陈旭跌倒以后，歌声也随之戛然而止，就如同以前用随声听听歌的时候，磁带突然被卡住了一般。他连忙从地上爬了起来，拍了拍身上的灰尘，往四周看了看，还好没有什么人，陈旭暗示自己一定要冷静，又看了看表，发现时间也不早了，就打道回府了。

回来以后，陈旭没事可干，打开电视，发现有火箭队的比赛，就静下心来观看。NBA 的季后赛目前已经拉开帷幕，姚明也开始了自从加盟火箭队之后的第二次季后赛之旅。这么关键的比赛，陈旭竟然忘了，最终火箭队以大比分战胜对手，拿下季后赛的首场胜利。

今天真是双喜临门，陈旭笑逐颜开。当他还沉浸在火箭队战胜对手的喜悦之中时，室友已经吃完午饭回来了，陈旭一看时间，已经快十二点了，离约会的时间只剩两个小时了，他匆忙下楼去吃饭。

吃完饭后，陈旭打算直接去约定的地点。在往公交车站去的路上，他突然觉得自己今天穿的衣服有点不搭配，又返回了住所。换了几套衣服以后，这才心满意足，临出发前，他还是不放心，又到镜子前照了照。对着镜子里的自己做个笑脸，他发现胡子有点长了，又拿起刮胡刀把胡子刮了，因为着急，还把嘴唇刮破了，连忙找纸止血，又忙活了一段时间，出门时已经快到一点半了。

下了楼后，陈旭一路小跑，到了马路边，也不等公交车了，直接叫了一辆出租车。到了约会地点，陈旭四处张望，发现杨若依还没有到，这才松了一口气。又过了一会儿，杨若依还没有来，有点着急，于是掏出手机想给她打电话，这才想起来是自己弄错时间了。这是怎么一回事呢？原来他们约好今天下午两点见面的，可昨天晚上杨若依发短信说，因事时间改在两点半，陈旭实在太兴奋了，中午走的时候又匆忙，把这改时间的事给忘了。

陈旭挠了一下头发，尴尬地笑了笑。因为时间还长，他就站在路边抽起烟来。路上的行人络绎不绝，时不时有一对情侣从他身边经过。茫茫人海中，两个相恋的人缘何相聚？难道真的就是自己所认为的缘分吗？

正当陈旭胡思乱想的时候，杨若依从远处朝他走来。陈旭连忙扔掉烟迎了上去。

见了面后，杨若依首先开口问道："来很久了吧？一定等着急了。"

陈旭答道："我也是刚到。"然后他们一起乘公交车去电影院。到了电影院，陈旭买票，两人就进去了。

电影很快就开始了，陈旭和杨若依也停止了交谈，陈旭向四周看了看，放映厅里坐满了人。虽说电影院是对所有人开放的，可来这里的大多是恋人，无形中给非恋爱关系的人竖起了一道屏障，可话又说回来，这就和结过婚后，谁还带着老婆去外面唱歌一样，不谈恋爱，谁来电影院看电影啊。

电影院里沉闷而且燥热，陈旭因为早上起得早，这时候有点昏昏欲睡了，他强打起精神看电影，可眼皮今天异常沉重，总想往一起合。陈旭努力睁着眼睛，眉毛也跟着往上翘，可是眼皮却不由自主地往下坠，这样造成的效果是眉毛和眼皮各朝相反的方向运动，从远处望过去，就好像它们在进行一场拔河比赛，斗争了几个回合，眉毛体力不支，终于败下阵来。

也不知道过了多长时间，陈旭突然被一阵笑声给吵醒了，他缓缓地睁开眼睛，发现自己躺在座位上睡着了。他揉了揉眼睛，朝杨若依看了一下，发现她看得很投入，仿佛已经被电影中的情节给吸引了。电影幕布上发出的光在她的脸上一闪一闪的，照得她很虚渺，仿佛梦境一般，可她又那么真实地坐在自己身边，这分明不是梦。陈旭一时也有点迷惑了，他用力掐了自己大腿一下，竟然没有疼痛感，难道自己真的在做梦？陈旭这下彻底清醒了，他又动了动双腿，发现它们竟然不听指挥了。过了一会儿，一种又麻又疼的感觉从大腿直传头皮，陈旭这才知道是他的腿睡麻了。

待腿上的疼痛感消失后，陈旭打起精神看电影，因为有一段没看，陈旭花了很长的时间才理顺电影中人物之间的关系，等他刚进入状态，电影就结束了。

从放映厅出来，他们一起向门口走去，两人都陷入了沉默之中，陈旭想打破这种沉默，但不知道说什么好，就对杨若依说道：“今天的电影挺好看的啊。”

杨若依嫣然一笑，说道：“是啊，不过刚才我还以为你睡着了。”

陈旭红着脸，没有回答杨若依的话。他们肩并肩朝电影院外走去，此刻，正是华灯初上，天还没有黑透，街边路旁却已辉映在缤纷的霓虹灯之中，原来熙熙攘攘的大街小巷，现在笼上了一层神秘的面纱，变得流光溢彩。

已经到吃晚饭的时间，陈旭和杨若依就在电影院的附近找了一家饭店，在靠近窗户的位置坐下了。服务员把菜单送上来，陈旭把它递到杨若依的面前，对她说道：“你看看有什么喜欢吃的。”

杨若依笑着又把菜单推给了陈旭："还是你点吧，这饭店我是第一次来，也不知道点些啥好。"

陈旭说道："我也是第一次来，还是你点吧，我吃什么都一样。"两人推来推去，最终还是杨若依点了。点完菜后，她还连连说道："也不知道你喜不喜欢吃。"

在等菜的过程中，杨若依去了一趟洗手间。陈旭一边饮着淡若清水的茶水一边观看着街景，从窗户看出去，正好是车来人往的马路，此时正是交通的高峰期，马路上人车川流不息。陈旭想到自己毕业后，孤身一人来到了这个繁华而又陌生的城市，习惯了一个人，游走在大街小巷，穿梭于熙攘人群，观看陌生的景色；习惯了一个人，默默地坐在椅子上，对着电脑发呆，徒生无限的落寞。忽然间，自己仿佛与世隔绝了，再也找不到可以交心的人。正想着，他从窗户里看见杨若依朝他走来，连忙把自己的思绪收了回来。

杨若依边坐下边说道："让你久等了。"

陈旭连忙说道："没有啊，这菜也刚上来。"

两个人边吃边聊。陈旭问道："你平时下班后一般干啥啊？"

杨若依笑道："也不做什么，就是看看书，上上网之类的。你也知道的，公司下班的时间有点晚，回去吃完饭洗洗就已经快到睡觉的时间了。”

陈旭也附和道：“是啊，公司的制度太不人性化了，还标榜什么‘以人为本’，我看是‘以剥削人为本’。”

杨若依听完微微一笑道：“你的观点还是挺有创见的嘛。”

陈旭答道：“不说这个了，一说公司的事我就来气。对了，你有什么爱好啊，比如说打篮球什么的。”

杨若依扑哧一笑，答道：“你看我这个样子像打篮球的吗？”

陈旭笑道：“也是，打篮球哪有你这么漂亮的。”

杨若依长这么大，还没有一个同龄的异性当面夸奖她漂亮，所以听了陈旭的话，杨若依的脸一下子红了，她低着头沉默不语。

陈旭为了不使气氛尴尬，赶忙转移了话题，他们又聊了聊各自上学时的事情，时间就不知不觉地过去了。吃完饭，陈旭送杨若依回去。

到了杨若依住的小区，因为下车的地方离她住的寝室还有一段很长的距离，而且天已经很晚了，陈旭就坚持一直把她送到楼下。

天上有一轮圆圆的月亮，静静地挂在天空中，洒下淡淡的光华，几朵流云轻盈地飘着，人的心也轻飘飘起来。

四周静悄悄的，空气里弥漫着花香，陈旭闻着花香和杨若依发梢里散发出来的清香，心中不禁心旌荡漾起来。他们顺着小区的街道慢慢地走着，走到一个黑暗的角落，杨若依突然被什么东西拌了一下，她唉呀一声要摔到，陈旭下意识的用手去扶，牵住了她的手，陈旭清晰地感觉到杨若依很不自然地颤抖了一下，他怕她再摔倒，就一直牵着她的手不放。

此时的杨若依，脑子里面一片空白，默默地让陈旭牵着她的手。

两人都沉默不语，静静地走着。

这时，他们来到一个点着灯做夜市的水果摊子前，陈旭对杨若依说道："你喜欢吃水果吗，我买点给你带回去吃。"

杨若依微笑道："不用了，刚吃过晚饭，还没消化呢。"

陈旭也没强求，只是"哦"地应了一声，又陷入沉默之中。街道一片寂静，静得可以清晰地听到他们的呼吸声。陈旭和杨若依一直沉默不语，只听见他们俩一前一后错落有致的脚步声，两人都有一种说不出的感觉。

不知不觉已经走到了杨若依住的楼下，陈旭像是自言自语地说道："这么快就到了。"

杨若依仿佛也深有同感，答道："是啊。"

陈旭心里多么想和杨若依再待一会儿，哪怕什么话也不说，只要能和她待着就心满意足了，可是嘴上却说："你到了，那我们改天再见。"

杨若依轻声答道："改天再见，你路上小心。"然后转身进了楼道里，一晃就消失不见了。

陈旭看着杨若依的背影消失在黑暗里，茫然地站在那儿，一副怅然若失的样子。站了一会儿，转身也回去了。

# 8

工作了一年，陈旭明显感觉自己胖了一圈儿，肚子上也长满了赘肉。他决定要把那些讨厌的赘肉减去，于是要求自己每个周末的早上都起来跑步。

这天早晨，陈旭起床后就出来跑步。到了楼梯口，一阵寒风吹过，冻得他直哆嗦。他紧了紧衣服，一咬牙还是坚持出去了。他绕着小区的街道开始跑步，因为天气寒冷，所以街道上显得冷冷清清的。跑了一段路程以后，陈旭突然感觉身体有点不舒服，就在一颗大树底下停下来休息一下。他手扶着树干，直喘着粗气，突然陈旭感觉好像有什么人在注视着他，就抬起头四处看了看。街道的对面是一家口腔诊所，里面沙发上坐着一个中年男人，他用手捂着嘴，好像是在等着治牙。旁边是一家美容店，因为天冷，所以人很少。街道这边是一个宠物店，里面却熙熙攘攘的，挤满了各种宠物。那些宠物们有的在做按摩，有的在做健身。而那束让陈旭不安的目光正是从一个正在跑步机上跑步的大黑狗的眼中传来的，那只狗长得挺健壮的，有着修长的大腿，尖尖的嘴，耳朵竖得高高的，毛也被梳理得很顺滑，从陈旭这儿望过去就像一只狼似的，一双蓝色的大眼睛直瞪着陈旭。它好像经常来这儿，两只前脚熟练地交叉在跑步机上跑动，更让陈旭来气的是那只狗看到他气喘吁吁的样子，那神情好像还挺不屑，两只脚示威似的跑动得更快了。

陈旭也瞪着眼瞅着那只狗，和那只狗就这样对峙了几分钟，他甚至挥着拳头对着它狠狠地比划了几下，可是那只狗依然神态自若地跑着步，根本不理睬陈旭的示威，这样反显得陈旭挺无趣，气度还不如一只狗，陈旭一气之下也不想再跑了，坐公交车回去了。上午就待在家里休息了，也没出去。中午吃完饭后，看了一会儿电视，感觉挺无聊，打电话给杨若依，约她出去一起看电影。

两个人如约到了电影院。影院最近正上映着一部国产大片，上映之前就已经炒得很火，杨若依已经期待很久了。他们来的有点晚，所以买了两个很靠前的座位。

现在的电影如同女人，越来越只注重脸蛋的包装而轻视内涵了。影片的画面很精彩，不过情节却设计得很幼稚，给人的感觉就好像站在你面前的明明是一个小女孩，却浓妆艳抹得很妖艳。真是应了那句老话，期望越高失望就越大。看完电影以后，陈旭感觉头有点晕，具体情节已经忘得差不多了。

从电影院出来，陈旭陪着杨若依在街上溜达一会儿，此时天色已晚，已经到了吃晚饭的时间了，正好前面有家肯德基，陈旭要了一份香辣鸡腿堡，一份奥尔良烤翅和一杯可乐。杨若依要了一袋薯条，一份脆皮甜筒和一杯果汁。他们端着满载食物的盘子，找到一个空位做下了。陈旭其实不怎么喜欢吃肯德基，不过他挺喜欢里面的环境，尤其是逛街想上 WC 的时候，他下意识就会看附近有没有肯德基和麦当劳，唯一的遗憾就是有时得排很长的队伍。

杨若依今天发现陈旭有点心不在焉，并且有点不太高兴，就询问他具体原因。陈旭就把今天早上的经历告诉了杨若依。杨若依一听就乐了，笑他不高兴原来是因为一只狗，她还以为他有什么烦心的事了。陈旭反驳道，他生气可不是因为一只狗，是为自己的待遇还不如一只狗而恼火。那样冷的天，他还早起到室外去跑步，冻个半死。而一只狗竟然很悠闲地在室内跑步机上跑步，这还有天理吗？杨若依更乐了，说他生气归根结底还不是因为一只狗吗？陈旭也不想和杨若依争辩，就笑着对她说，如果给个机会，他一定会把那只狗煮来吃。

星期一，陈旭很不情愿地从床上起来，照照镜子，发现头发乱得跟狗窝似的。他看了一下表，时间还早，于是就洗了个头，顺便还刮了刮胡子。做完这些事后，他发现时间还很充裕，又拿本杂志翻了翻，等到时间差不多能赶到公司的时候方才出门。

外面天气挺好的，阳光明媚气温却很低，东北的太阳仿佛都是假的，阳光明明很耀眼，可是照在身上却一点温暖的感觉也没有。这就像哈尔滨的冰雕，往往是看上去很美，却亲近不得。陈旭有点后悔没有把头发吹干了，现在都结成一根一根的。他在街道边的小摊上买了张煎饼果子，站在公交车上，就着灰尘，解决了早餐问题。

下了车以后，陈旭慢悠悠地朝着公司的办公大楼走去。走着走着，陈旭突然感到今天有点异样。平常这个时候，大街上都挤满了匆匆忙忙上班的人，可是今天街道上就稀稀拉拉几个人，他们个个神情闲适，看样子应该不是在赶路。“是不是自己已经迟到了。”这么想着，陈旭有点慌了，他赶忙迈开步子向着公司跑去。

来到办公室一看，其他同事果然都到齐了。大家都神情严肃地盯着屏幕，各忙各的事，看样子应该上班挺久了。此时正好没人注意门口，陈旭躬着身体，想快速地跑到自己的座位。他的座位在大厅的右边，进门右拐的时候，项目经理刚好起来要出去，和陈旭打了个照面。陈旭没有地方可躲了，只好打了个招呼“早”。项目经理这几天正为项目的事上火，正愁没地方发火了，看到陈旭迟到，气不打一处来。他冷冷地答道：“陈旭，来的真挺早的。”本来大厅里的人都盯着电脑屏幕，听项目经理这么一说，大家的目光都齐刷刷地射向陈旭，陈旭当时糗极了，真想喝口凉水呛死，他灰溜溜地回到了自己的座位。

午间吃饭的时候，陈旭打了一份套餐，一荤两素。他端着盘子，四处寻找座位，看到张朝洋朝他挥手，就走了过去。两人谈到上午的事，张朝洋说道：“这也怪不得项目经理，他这几天心情不好，你还敢顶风作案，这不是自寻死路吗？”陈旭辩解道：“我哪有那么大的胆子，都怪我昨天把手机的时间搞错了，慢了一个点。今天早上起来，我也诧异怎么起得那么早，当时也没多寻思，还慢悠悠地洗了个头。”说着陈旭夹菜吃饭，突然，他发现菜中有个黑色的东西，样子很奇怪，用筷子夹起来仔细一看，原来是只苍蝇，他很郁闷，这样的大冷天，哪里来的苍蝇啊？

终于熬到下班了。陈旭吃完晚饭后，坐在沙发上看电视，现在的电视节目真是越来越差劲了，广告播的比节目还多。现在离过年的时间还早着呢，电视里整天循环播放着广告：“今年过年不收礼，收礼只收……”他把所有的频道翻来覆去看了几遍，也没有选到一个好节目。记得小时候，家里就收到几个台，却看得津津有味，连新闻联播都很有意思，不像现在净是什么“矿难”啊、“流感”啊、“涨价”啊之类的内容，与和谐社会一点也不协调。这时，从外面传来敲门声，陈旭扯着嗓子大声喊了一句：“谁啊?”从外面传来了一个中年妇女的声音：“房东，收房租来了”。陈旭很不情愿地开了门，心里还在嘀咕着：是房东就这么嚣张啊。

房东今天穿了件粉红色的羽绒服，换了个头型，头发散披在后面，看样子新烫不久。陈旭闻了闻，好像还撒了香水。不知道是因为来得匆忙，还是因为屋子里暖气太热，她的脸显得红扑扑的，像搽了粉似的，房东的脸让陈旭想起了早上才被扔掉的因为放了很长时间严重脱水的红富士苹果。

房东说道：“前一阵子忙，所以我没来收钱，你把以前拖欠的钱先给我。”

陈旭听了很不高兴：“姨，话可不能这么说。我可没有拖欠你的房租，明明是你不来收钱，这可不能怪我。”

房东说道："我也没有怪你，你还是先把钱给我。"

陈旭如数付钱，她点完数目后，还一张一张地放在灯光下照照以辨真伪，陈旭已经习以为常了，慢慢地看着她把钱数完验完收好。

房东收完钱后，说道："对了，合同快到期了。你怎么打算呢，还继不继续住?"她面无表情地说着，好像陈旭住不住这房子跟她一点关系都没有。

陈旭答道："当然住了。"

房东说道："那好，你啥时候有空，我们把合同续签一下?"

陈旭答道："周日吧，周日我休息。"

房东说道："那好，我周日再过来，也不打扰你了。对了，到时候别忘了把要预付的房租带上。"她就走了，留下一屋子劣质香水的味道。虽然法国人香奈儿曾说过，不擦香水的女人没有未来，但在陈旭看来，擦了劣质香水的女人不仅没有未来，而且还可能要了别人的命。

星期天的早上，陈旭还在美梦中，就被一阵急促的敲门声给吵醒了。陈旭在心中骂道，这谁啊，大清早不在被窝里待着，出来折腾别人，脑子一定有病。他迷迷糊糊地起来开了门，原来是房东。房东看了他一眼，面无表情地说道：

“你不冷吗？”陈旭此时被屋子外的冷风一吹，脑子也清醒多了，被她这么一提醒，他是感觉有点冷。他下意识地想把衣服紧了紧，这才发现只穿着一条裤衩。因为屋子里的暖气太热，他一般都脱光了睡，而且早上迷迷糊糊，就忘了穿衣服了，陈旭的脸唰一下红透了，他赶忙进屋穿好衣服。

穿上衣服以后，陈旭来到客厅。房东说道：“我今天晚上有事，打你手机又关机，来晚了又怕你出去，所以这么早就过来了。”

陈旭说道：“没事，你合同带来了吗？”他开始还有点尴尬，后来发现房东没有什么反应，便装做什么事也没发生。

房东说道：“带来了，不过房租要提高。”

陈旭大吃一惊：“不会吧。这房租原来就很高了，况且你那天晚上来收钱的时候也没说要提高房租，早晓得我就不打算续签了。”

房东说道：“现在物价涨得这么厉害，房租当然要提高了。那天晚上我是没说要提高房租，但也没说不提高房租，是吧？”

陈旭一时语塞，开始激动起来：“你这不是坐地起价吗，况且就你这房子，能租到这个价钱已经算不错了，我就是因为方便，才愿意住这的，不然的话，打死我也不租。”

房东冷冷地说：“我坐地起价？现在房租就这个价钱，你爱租不租，谁也没有强求你。”

陈旭不想和她争辩了，房租已超过他的承受能力，所以也就不打算继续住下去。他对房东说：“那好，我不住了。你把我之前给你的押金给我，我明天就搬出去。”

房东没想到陈旭真的不续租，口气有点软了：“你看你在这儿都住了一年了，房间保持的也挺好的，我就照顾照顾你，房租便宜一点。”

陈旭在心里笑道：这到底是谁照顾谁啊，他决定和她杠下去，坚持原来的房租，不然他就搬出去，房东也坚决不妥协，最后谈崩了，关于押金的问题，他们又产生了新的纠纷。

房东说道：“你看你把我的房子糟蹋的，这房间多长时间没打扫了，还有厕所，你看还能进人吗？押金只能给你一半。”

陈旭没想到房东会这么说，他每天都坚持打扫，房间整理得干干净净，这么说纯粹是故意找茬。他激动道：“这房间我愿意打扫我就打扫，不愿意打扫你也管不着。当时合同里也没有规定我要打扫卫生。”

房东说道：“合同里没有规定你就不打扫了，你住成这样，别人还怎么住，我是不是还要请人清洁，这都得花钱的，返还给你一半已经相当不错了，你还和我讨价还价。”她摆出一副死猪不怕开水烫的姿态。

陈旭彻底无语了，真是“秀才遇着兵，有理说不清”，况且对方是个女的，他又不能冲上去揍她两拳。如果对方是个男的，自己是否敢冲上去揍他？陈旭在心里问自己，他掂量再三，看到自己的大腿还没有房东的胳膊粗，人都说胳膊扭不过大腿，最终得出一个结论：也不敢。

陈旭在心里合计：现在该怎么办，他可有没有精力和她耗下去，他想起小时候经常看到的“有困难，找警察”的标语，这倒给他提了个醒，他忿忿地对房东说道：“你要再不给钱的话，我就要打电话报警了。”

房东听了突然冷笑了几声，大声道：“有本事你就报警啊，这是我的家，我还怕你报警不成。”说完话后她拿了个凳子做了下来，摆开一副奉陪到底的架势。

陈旭本不想报警，只是吓唬吓唬她，让她知难而退，没想到她这么不识时务。没有办法，陈旭只好报警。过了一会儿，从外面传来了敲门声，陈旭打开门一看，是个警察，吓了他一大跳，当然也吓了房东一大跳。陈旭吃惊的原因是他前脚刚打完电话，后脚警察就来敲门了。这种感觉就好像你想打电话，刚拨通了，正准备听话筒传来的“滴——”的声音，那边传来一声“喂”，把你吓个半死。房东吃惊的原因是没有想到陈旭真的敢报警。

那位警察个头很高，典型的东北大汉，手里拿着一个对讲机，腰里挎着一支乌黑发亮的手枪。陈旭对军事很了解，一看就是国产军用64式手枪，以前他在《兵器知识》杂志中曾看过，实物还是第一次看到。

陈旭把这里的情况大概向他作了介绍，那位警察还算通情达理，了解完情况后很自然地站在了陈旭这一边。可能是处理这样的案例太多了，他显得很有经验，对着房东说道：“你这不是讹人吗？我告诉你，这样做是违法的，赶快把钱退给人家。”

看来房东真不是吃稀饭长大的，她继续耍无赖道：“警察同志，你这人怎么这样说话的。我讹他，你说话要负责任的！”

警察似乎不想听她解释，他不耐烦道：“我说话怎么就不负责任呢？我也不想和你啰嗦了，一句话，你到底还不还钱？”他看到房东一副无动于衷的样子，就说道：“那好，我们到所里说去。”说完话后，也不容房东解释，上前就要拽她走。

房东看到他动真格了，话也软下来了：“警察同志，我也没说不给他钱啊，我只是现在身上没带那么多的钱。”

警察似乎看惯了这种伎俩，说道：“你赶快给他钱，我这还有很多事，如果没有钱的话，先写个欠条给我。”

房东无奈，只好写了欠条，警察把欠条交给了陈旭让他收好，说如果房东她还不给钱的话，可以直接到所里来找他，也可以去法院去告她，说完他就走了。

陈旭把警察同志送到了楼下，十分感激地询问他们出警需不需要出警费，那位警察哭笑不得，对陈旭说道，这是他们应该做的，并告诉他需要加强法律知识的学习。

陈旭回到了楼上，看到房东正在那儿拿纸巾擦眼泪。边擦边说陈旭和那警察联合起来欺负她，并且说他一定给那个警察钱了，要不然的话，那警察也不能那样的向着他。她越说越伤心，一包纸巾一会儿用光了，哭了一会儿，自知无趣，也就罢了，从凳子上起来，把钱给了他，要回了欠条后把它给撕了，然后开始撵陈旭赶快搬走。

虽然房子还没有到期，陈旭也不想再和她纠缠下去，索性直接搬了出去。

# 9

陈旭和室友在一条叫汇春街的街道找了一套两室一厅的房子。他觉得汇春街这个名字挺好听，起得很有诗意，可以让人产生无限的联想。

房子是通过中介代理租的，虽然价格贵点，但是用不着和房东打交道，也省了不少烦心事。下午搬完家，陈旭就一直待在新租来的房子里整理东西。虽然工作时间不长，可积累的东西却不少，大箱小包好几个。当把它们全都整理出来的时候，陈旭才发现里面有用的东西却不是很多，只是当初看见的时候，一时冲动就买下了，过后又舍不得扔，所以东西就越积越多。这就好像很多人，当初腰身上长出赘肉的时候，可能也没太在意，过后又没有时间减肥，所以赘肉就越积越多。

陈旭晚饭也没吃，一直忙到很晚，东西还没有完全整理好，最后累得实在不想动弹了，索性就不管了，等明天再整理。之后，陈旭烧了一壶开水，洗了个头。洗完头后，他困得眼皮直打架，也没等头发完全干，就趴在床上睡着了。

第二天早上醒来的时候，陈旭感觉头昏脑胀，身体也有点不舒服，就向项目经理请了假，在家里休息一天。打完电话后，他又躺在床上睡着了。记得上大学的时候，陈旭是想逃课就逃课，一点也不心疼学费钱；可是工作以后，即使是生病了他也能不请假就不请假。敢情真是花着别人的钱不心疼，就算这钱是父母辛辛苦苦工作攒下的，难怪有些官员不拿纳税人的钱当回事。

快到中午的时候，陈旭才从床上起来。他走到窗前，把窗帘拉开，外面的天空阴沉沉的，可能要下雪。洗漱过后，陈旭到外面找了家饭店，早饭午饭一起吃了。吃完饭以后，陈旭在街上溜达了一阵子，觉得没劲，又回到了寝室里，继续收拾房间。收拾完房间后，陈旭打开电脑，玩了会游戏，又昏昏欲睡，就趴在床上躺一会儿，迷迷糊糊又睡着了。

等到陈旭再次醒来的时候，天已经黑透了。他从床上坐了起来，眼睛很迷惘地看着前方，似乎还没有从睡梦中醒来，屋子里一片漆黑，对面马路上时而有一辆汽车呼啸而过，车灯在屋子里的墙上划出一道窄窄的亮条，时亮时灭，如同旧时集中营里的探照灯来回地划过夜幕一般。陈旭静静地坐在床沿边，突然有一种莫名的伤感，他想起上大学时，多么渴望能早点工作，以为工作以后，就能摆脱那种前途迷茫的生活，他当时还天真地认为，就算前途依旧迷茫，至少生活能充实一些，也能排解一下内心的苦闷，然而现实却将他当初的想法击得粉碎，前途依旧迷茫，内心的苦闷却日甚一日。

陈旭走到窗前，打开窗户向外看去，外面不知道什么时候已经开始下雪了。雪花在空中慢悠悠地飘着，然后悄无声息地落在了地面上。陈旭看着雪花发起呆来，这时，一直安静地躺在桌子上的手机突然响了，陈旭拿过来一看，是杨若依的电话。她说今天晚上是平安夜，叫他出去一起吃饭。陈旭也没有耽搁，穿上外套，直接就出去了。

虽然天空中飘着雪花，但是外面还是相当热闹。街道两边店铺的门前摆放着挂满礼物的圣诞树，橱窗上贴满了圣诞老人的头像，连平时光秃秃的树杈也挂满了彩灯，此刻都在闪耀着五颜六色的灯光，把整个街道装扮得流光溢彩。临街空地临时搭建的摊铺前小贩们正在高声叫卖着“平安果”，一派节日的景象。

据说平安夜圣诞老人会从圣诞村出发，驾着驯鹿雪橇，上面装满了礼物，奔向各个地方，从烟囱下来把礼物放到圣诞袜里，但中国的房子一般都没有烟囱，陈旭想，难怪自己小时候没有收到圣诞礼物。

陈旭和杨若依见了面，俩人就沿街找家饭店吃饭。今天晚上出来吃饭的人特别多，饭店家家爆满，可能中国人对饥饿有太多的记忆，所以对吃饭情有独钟，西方的圣诞节到了中国，也变成了“吃饭节”。他们换了好几家，终于找到了一家还有空位子的饭店。

坐下以后，杨若依有点抱怨地责问陈旭道：“你今天没来上班吗？我发给你的邮件都没回。”

陈旭把衣服脱了，放在椅子上，答道：“那你怎么不打我手机啊，有什么重要的事吗？我昨天搬家太累了，所以今天就请假休息一天。”

听到陈旭的回答，杨若依吃了一惊，两只美丽的眼睛睁得大大的，以一种不相信的口吻问道他：“你搬家了？我怎么也没听你提起过！”

陈旭朝她笑了笑道：“哦，就昨天早上决定的，下午就搬了，也没时间告诉你。”

杨若依听完也笑了，说道：“效率还蛮高的嘛。”

正说着，服务员已经端着一盘菜上来了。陈旭心想：这家饭店的上菜速度还是挺快的嘛，不知道饭菜的质量如何？

他拿起筷子夹了一口放在嘴里尝尝，味道也不错，心想，以后出来吃饭就上这家了。

吃了一会儿，杨若依接着问他：“你怎么突然想起搬家了？”

提到搬家，陈旭气不打一处来。他就把事情的前前后后都告诉了杨若依，心想她听了以后，一定会和他一样很生气，没想到杨若依反应却很淡然，这让陈旭很失望。杨若依告诉陈旭，他这样已经算好的了，至少钱到最后还能要回来。说她有一个同学，曾经半夜到她那儿投宿，原因是房东要提高房租，她们不同意，虽然合同没到期，还是被房东赶了出来。

此时菜快吃完了，其他菜还没有上来。陈旭有点生气了，大声喊着服务员，听到陈旭的喊声，服务员匆匆忙忙地跑了过来，陈旭责问她道：“我们饭都快吃完了，其他菜怎么还没上呢？”

那服务员态度很好，满脸堆笑地对陈旭说：“请稍等一下，您的菜正在做，马上就好了。”说完后又匆忙地跑到另一个招呼她的饭桌前，重复着同样的动作和话。

陈旭想到以前和同学出去吃饭，碰到人多的时候，经常是点完菜很久菜上不来，然后他们就走了，换到另一家。这家饭店的老板真聪明，他家的第一盘菜上得很快，以后的慢慢上，这样的话，就算你抱怨也不能走。

杨若依在一旁劝他道："你也不要生气了，今天人这么多，菜上得慢也是可以理解的。"

陈旭也意识到自己有点小题大做了，但想想还是觉得来气。又等了一会儿，菜终于来了，可陈旭吃饭的心情早没了，他心里想：这家破饭店，以后再也不来了。

吃完晚饭以后，陈旭和杨若依推开门一看，外面的雪下得更大了，地面上已经覆盖了厚厚的一层积雪。

杨若依兴奋地冲向了外面，伸开双臂，在雪中转起圈来。

南方也下雪，但相比之下，陈旭更喜欢这北国的雪。南方的雪下得矜持，一般是些零星的雪花，随着风慢悠悠地从空中飘落下来，犹如从巷陌深处传来的琴声，虚无缥缈，时断时续，不能让人尽兴。而北方的雪却下得豪放，下得通透。往往是鹅毛般的大雪，纷纷扬扬从天而降，你甚至还可以听见"簌簌"的下雪声。如果把南方的雪比作悱恻缠绵的散文，那么北方的雪就是大气磅礴的史诗；把南方的雪比作小家碧玉的江南美女，那么北方的雪就是那豪爽奔放的关中大侠。

杨若依和陈旭来到了她住的小区，在楼下的花园里堆起了雪人。雪人堆好以后，杨若依还从家里拿来一顶帽子和一条红红的围巾给它带上。俩人围着雪人，尽情地在雪中嬉戏，忘记了天气的寒冷，忘记了工作的烦恼，把生活中所有不愉快的事都抛在脑后，就像这突如其来的大雪一样，给世界披上了一层素雅洁白的面纱，让人暂时忘却原本丑陋的东西，享受这片刻的轻松。

圣诞节过后，新年马上就要到了。

这天，陈旭正在埋头工作，部长走过来问他有没有时间，想和他谈谈，陈旭当然说有了，跟在部长的后面，来到了一间会议厅。

部长很和蔼地招呼陈旭坐下，然后笑着问他："最近工作怎么样？"

当对方无缘无故地朝你笑的时候，一般有两种可能的解释：第一，对方可能有求于你，或者做了什么对不起你的事，他朝你笑出于讨好你或者是内心愧疚；第二，对方是个傻子，他在任何时候对任何人都是一副笑呵呵的面孔。

陈旭每次和领导谈话，总会感到莫名的紧张，尤其是在对方笑呵呵的情况下。他后来自己总结出两个原因：其一，由于电视看多的缘故，他总是习惯性地把领导和阴险狡诈联系在一起；其二，小时候在和大人“捏脸蛋”和“反被捏”的斗争中养成了无论何时都保持警惕的良好习惯。

很显然，领导不是傻子，所以当陈旭看到领导很不自然的笑，心里吓得直哆嗦，身体很拘谨地坐在椅子上，颤巍巍地答道：“还行吧。”

部长看到陈旭紧张的样子，就对他说道：“你不用太紧张，今天找你来，没有别的事，就是想和你随便聊聊。你看你来我们部门也一年多了，咱们沟通的次数也不多，就先谈谈你对部门和工作的看法吧。”

如果陈旭面前坐着的是郝彦，而他们此时正在喝酒，估计会把部门和工作不顺心的事猛批一顿，但是现在坐在面前的是上司，于是他的话就变成了：“工作一切都顺利，在项目中学到不少新的东西，我们部门的工作氛围也很融洽，和同事合作也很愉快。”

部长似乎很赞同他的话，说道：“年轻人嘛，就应该多虚心学习。我特别讨厌那种工作能力一般，但是经常抱怨公司的员工。说实话，我对你的工作挺满意的。”

陈旭朝部长笑了笑，算是对他的回答。

部长继续说道：“今天找你谈话还有一个目的，就是和你讨论一下关于年终奖的问题，你先谈谈你今年对年终奖的预期。”

虽说是讨论，陈旭心里明白，其实年终奖的多少早在谈话之前就已定下了，现在只是走个形式，而部长的问题其实是个陷阱，你说多说少都不好。

部长看到陈旭有点犹豫的样子，就安慰他道：“你也不要有什么顾虑，心里想什么就说什么。今天的谈话只限你我之间，就像朋友之间谈话一样。”

陈旭在心里冷笑了一下，知道这个问题躲不过去了，他想了想，说道：“我刚工作不久，对年终奖其实也不是太了解。我在其他公司的同学，他们的年终奖大多都已经发完了，所以才略知一二。”然后他就把同学的年终奖的大概数目告诉了部长。

陈旭发现部长的脸色变得很难看。沉默半晌，部长方才挤出一副看似自然，实则勉强到极点的笑容，说道：“每个公司年终奖的发放都不一样，其实部门今年的效益不是很好，但部门考虑到员工一年的辛苦，还是打算继续发年终奖。”然后他把数目说给了陈旭，并问他是否满意。

虽然奖金的数目和陈旭的预期有点差距，但是他没有流露出有丝毫的不满，经过一年的工作，陈旭已经学会了不动声色，他笑着对部长说道：“很满意。”

部长接着又对陈旭说这个数目已经算是他这批员工里最高的了，并告诉他千万不要告诉别人。他又和陈旭聊了聊公司以前的情况，说那时根本没有什么年终奖，工资很低，办公环境也没有现在这么好，还说自打有了计算机这个行当起，哪个职业也没有做软件这么红过，你们算是赶上了。

陈旭想，天降大任于斯人也，必先苦其心志，劳其筋骨，饿其体肤，空乏其身，行拂乱其所为，所以动心忍性，曾益其所不能。从这一点来看，我们是赶上了好时代，相信我们以后都会成为国家的栋梁。但是陈旭没有和部长说，他已经继承了中国人民优良的传统：万事忍为先，并准备把它发扬光大。

# 10

虽然奖金的数目和陈旭预期的有点差距，但这毕竟是他工作以来获得金额数目最大的一笔收入，内心里那份激动无法掩饰，一连好几天，陈旭的脸上都带着微笑，一扫以前发生的不愉快事情带给他心情上的低落。

大概也是因为发奖金的缘故，办公室里的气氛也比往常轻松一点，每个人的脸上都带着微笑。虽然大家嘴里都抱怨公司奖金给的少，但沉甸甸的银子已经装进自己的口袋，尤其对于陈旭他们这些刚毕业没多久的新员工，多少也是一件愉快的事情吧。

陈旭所在的项目总体完成得很顺利，并且受到了客户的表扬，所以在公司年底评优的时候被评为最佳项目，而作为项目组的骨干，陈旭也被评为优秀员工。在得到消息的当天晚上，项目组的全体成员一起到饭店大吃了一顿，然后又到KTV唱了一晚上的歌，折腾到半夜才回去。陈旭更是兴奋，吃饭的时候竟然喝了五六瓶啤酒，让人奇怪的是，平常只有两三瓶酒量的他，当天晚上喝了那么多酒后竟然没醉。

陈旭发现他渐渐地喜欢上了编程，虽然编程有时候比较枯燥而且费心神，但是看着自己敲的一行行代码转换成一个软件或者是一个系统，那种喜悦之情就好像看着自己新出生的孩子，尤其当自己解决了一个困扰已久的难题，或者写出一个只有自己才能看懂的算法时，那种从心头一直传到脚底的喜悦感和自豪感只有当事人才能体会。

这段时间，公司的事情不是很多，所以同事们的心情也不错。一天晚上，张朝洋约陈旭出去打球，这是自从他结婚以后，第一次主动约陈旭出去玩。

两个人约好在他们经常去的那家台球俱乐部见面，那家俱乐部的规模很大，占据了整整一层楼的面积，俱乐部入口的地方挂着一个巨大的广告牌，上面是一张国内著名的台球运动员俯身击球的照片。

台球又叫桌球，最早的起源已经无法考证，但是其中最著名的斯诺克运动是从英国开始流行起来的。这项以风度和技术展示自身才华的绅士运动，在最初被引进国内的时候，却以市井的形象示人。上世纪八九十年代，提起台球，人们的第一印象往往是一大群小城镇无业青年，嘴里叼着烟，光着膀子在街边打台球，台球也从最初的流行，变为后来的谈“球”色变。进入21世纪，一个人的出现，改变了人们对于台球这项运动的偏见，人们惊奇地发现，原来台球还可以打得这么优雅，从那以后，台球逐渐又流行起来，“明星效应”再次显示出巨大的影响力。

虽然陈旭他们出来的时间还算早，台球室里面却早已人满为患了，放眼望过去，偌大的台球室里摆了几十张的台球桌，几十个人同时在打球，那场面真是蔚为壮观。等了大概十几分钟的样子，他们方才等到一个轮空的位置。摆球时，陈旭问张朝洋道：“张哥，你今天怎么有空找我打球？不用回家陪嫂子吗？”

张朝洋笑道：“陈旭，瞧你这话说的，我又不是捡个小孩回家，需要每天照顾她。”事实是他老婆最近出差，所以他才有时间出来玩。

陈旭注意到，自从张朝洋结婚以后，他变得比以前精神多了，脸也变红润了，对生活的热情也更大了。他把袋里的一个球掏出来滚给张朝洋，对着有点发福的张朝洋说道：“张哥，说说看，你结婚后最大的感受是什么？”

张朝洋接过球摆好，对陈旭说道：“好了，你先开吧。”在陈旭击球的时候，他继续说道：“结婚最大的感受？你别说，这个问题我还真总结了。结婚最大的好处就是，有一个人可以无条件地陪你逛街、吃饭和睡觉，当然还有做饭和洗衣服。”说完张朝洋咧着嘴笑了，结婚的幸福跃然脸上。

陈旭扑哧一笑，说道：“张哥，我看我不服你是不行了。建议你转去做需求分析，我敢保证一定比你现在搞数据库强。”

张朝洋掂着球杆，在一旁笑道：“陈旭，我看你拍马屁的功夫也一流的，难怪你能把我们公司最漂亮的杨若依给泡了。”

第一局，张朝洋输了。平时和张朝洋打球，总是陈旭输，所以这次陈旭赢了，显得很兴奋，在一边笑话张朝洋道：“张哥，我看你击球都无力，这样可不行啊。”说完话后，陈旭一脸的坏笑。

张朝洋知道陈旭在笑话他，也讽刺他道：“我承认我是击球无力，但是总比你有劲没处使强吧？”

说完这句话后，两个人都哈哈大笑起来。

时间一晃又到了春节，因为都要回家过年，陈旭和杨若依只能暂时分开一段时间，“多情自古伤离别”，对于正处在热恋中的陈旭也不例外。火车到站时，陈旭依依不舍地和杨若依告别，那情景就像在易水边和众人告别的荆轲，脸上大有“壮士一去兮不复还”的悲壮，仿佛这是一次生离死别。

回到家中，妈妈看到陈旭一副无精打采的样子，还以为他病了，连忙询问他是不是哪儿不舒服。陈旭告诉他母亲说他只是坐火车累着了，休息一天就好。经过长途旅行的折腾，陈旭已经疲惫到极点，他把行李放好，就到自己的房间里睡觉去了。

一睡就是一下午，等陈旭醒来的时候，天已经黑了。他掏出手机一看，有一条杨若依的短信，说她已经到家了，让他放心。陈旭看了眼手表，时间已经过去了好几个小时，连忙给杨若依回了短信，说他刚才睡觉了，没有看见她短信。那边也很快有了回复，杨若依说没事，她也刚醒来。陈旭又发了一条短信，说他晚上打电话过去。

陈旭推开房门来到客厅，父亲正坐在沙发上看报纸，母亲在厨房里忙碌着晚饭。父亲看到他从房间里出来，把眼光从报纸上转移到他身上，漠不关心地问了一句：“醒了”。陈旭的母亲也注意到儿子醒了，对他说道：“陈旭啊，你一定饿了吧。再稍微等一下，饭马上就好了。”

陈旭和父亲虽然是父子关系，但是感情一直很淡。在他记忆里，父亲很少和颜悦色，仅有的记忆也只有他的巴掌和那一成不变的包公脸，虽然他的长相和父亲像是从一个模子里刻出来的，但陈旭还是经常会怀疑自己到底是不是父亲亲生的，质疑的理由是，如果是亲生的，为何父亲对待他好像仇人似的。

晚饭后，陈旭坐在沙发上陪母亲看电视，虽然他眼睛盯着电视屏幕，但是心里却想着要和杨若依打电话的内容，眼睛还会时不时扫一下戴在手腕上的手表。

陈旭妈看到陈旭不停地看手表，就问他道："陈旭啊，你是不是有什么事啊，怎么一直看手表？"

陈旭心不在焉地答道："妈，没事。看电视吧。"然后又看了一眼手表。

陈旭妈正色道："你一定有什么事，对妈还有什么隐瞒吗？"

陈旭跑到电话的旁边，拿起来电话，说道："妈，真的没事，我在等着打个电话"，然后用手指了指电话机，开始按电话号码。

陈旭妈把电视的声音调小了点，嘀咕道："打个电话还搞得这么神秘。"

那个电话自从被陈旭拿起以后，大概过了一两个小时后才被重新放下。打完电话，陈旭满脸的兴奋，似乎还意犹未尽的样子。陈旭妈把身子朝陈旭这边挪了挪，对他说道：“儿子，你是不是谈女朋友呢？”

陈旭似乎还沉浸在刚才兴奋的情绪中，被陈旭妈的声音打断了，很不情愿地答道：“还没正式确定了。”

陈旭妈对这个话题很感兴趣，她探着身子对陈旭说道：“儿子，快跟妈说说，那女孩长啥样，什么地方人，在哪工作啊？”

陈旭的头一下子大了，答道：“妈，你还让不让我回答呀！”

陈旭妈也意识到自己太激动了，就对陈旭说道：“那好，你慢慢说。”

陈旭就把他怎么和杨若依认识，她大概长什么样子，家在哪，在哪工作都一一告诉了他母亲。

陈旭妈听完以后，还是不甚满意，说道：“儿子，你什么时候把那个女孩带到家里，让妈帮你长长眼。”

陈旭刚才说了那么多的话，确实也累了，于是说道：“妈，知道了，我今天有点累，先睡了。”

陈旭在家的这段时间每天晚上都按时拿起电话，一打就是好几个钟头，每次打电话的时候，陈旭整个人显得很兴奋，像是打了鸡血似的，打完电话，他又仿佛换了个人，神情萎靡，像丢了魂似的。对于陈旭的表现，陈旭妈对他的评价是，儿子什么时候变得这么能说会道了，陈旭爸的态度则是，看他那没出息相。

过完年，陈旭在家里没待几天就迫不及待地回滨城了。

陈旭终于又见到杨若依了，见面时他把杨若依紧紧地搂在怀里，似乎要将她揉碎和自己融为一体方能解他的相思之苦。他拥抱着杨若依那柔软的身体，恍惚想起几年前，他和夏雨欣第一次分手后重新见面，他们也紧紧地拥抱在了一起，但那时的陈旭却没有现在这种刻骨铭心的感觉。他感觉现在一刻也不想和杨若依分开，哪怕只是分开几个小时，他心里头都会感到一种说不出的空洞之感，仿佛自己是一个被全世界所遗弃的人。

杨若依被陈旭抱得喘不上气来，对他说道：“陈旭，你弄疼我了。”

陈旭这才把她放开，深情地望着她，说道：“若依，你知道吗，你就像是我心中的一面镜子，只有在你这里，我才能感受自己的存在，才能感受自己的价值。如果你哪一天离开我，你就把我的魂魄也带走了，那样的话还不如直接杀了我。”

杨若依心中不由得一阵荡漾，有说不出来的甜蜜，她依偎在陈旭的怀里，对他说道："我也是。"

下个星期是元宵节，每年在这个时候，滨城都会燃放烟花庆祝，陈旭和杨若依相约那天晚上一起去看烟花。

燃放烟花的地点选在市里最大的广场上。元宵节这天晚上，因为去看烟花的人特别多，为了避开人群，陈旭和杨若依很早就出门了。到了那儿才发现和他们抱有相同想法的人很多，远望过去，广场上已经挤满了等待的人群，通往广场的道路上，摆满了卖烟花的小摊，时不时还会看见一群人手里拿着点燃的烟花在道路上奔跑。

过了一段时间，广场上的人越聚越多，就在人们还在焦急等待的时候，一朵朵烟花突然像火箭一样从地面上腾空而起，在如墨的夜幕下，朵朵烟花尽情地盛开，时而整齐划一，时而杂乱无章，时而如万马齐喑，如泣如诉，时而又如万花齐放，绽放出璀璨夺目的光彩。人群开始欢呼起来。

杨若依也很兴奋，她不停地指着烟花对陈旭叫道："太美了"快乐得如孩子般。观看了一会儿，她对陈旭说道："咱们许个愿吧。我听人说对着烟花许愿很灵的。"然后自己闭上眼睛开始许愿。

陈旭也学着杨若依的样子，把两只手紧握着放在胸前，然后闭上眼睛。许完愿后，陈旭把脸凑到杨若依的眼前，温柔地问道："你许了什么愿?"

杨若依刚睁开眼睛，看见陈旭的脸出现在面前，吓了一跳，她脸倏地一下红了，答道："不能告诉你，说出来就不灵了。"

不知从什么时候开始，四周慢慢地起风了，温度也随着夜深而逐渐变冷，现在已经有点冰冷刺骨了。陈旭不禁裹紧了衣服，他朝杨若依看去，她似乎比他更冷，全身抑制不住地颤抖着，陈旭轻轻地把她搂在自己的怀里。杨若依一开始还在目不转睛地观看烟花，看到陈旭搂着她，就转过头来看他。一朵朵怒放的烟花，在漆黑的天空里如梦幻般亮灭在她那秀丽的脸庞上，陈旭一阵心动，他紧紧地抱住她，深深地吻了起来。

远处，几十枚烟花像流星一样拖着长长的"尾巴"冲向天空，在升入最高点的时候，突然绽放开来，灿烂如菊花盛开一般。

# 11

生活就像一道菜，添点盐加点醋，就会变得有滋有味起来。

时间在不知不觉中过去了，又是一个五一长假，陈旭和杨若依打算去上海玩。本来陈旭已经计划好放假后就在滨城附近玩玩，不想走太远，要知道在黄金周作长途旅行，那绝对是花钱买罪受。只有那些敢于直面汹涌的人群，敢于忽视痛苦现实的猛士才敢作出那样的决定。可是郝彦很早就打电话给他，让他放假后到上海聚聚，并且答应他来沪的费用可以给报销，话已经说到这个份上，陈旭盛情难却，只能答应了。

陈旭和杨若依他们大概是接近中午的时候到达上海站的。出站以后，陈旭四处张望了一下，没有看见郝彦，就给他打电话。来之前已经和郝彦说好了，让他今天来接站，没想到现在还没来。

电话接通了，从那边传来郝彦熟悉的声音：“陈旭，你出站没有？我怎么没有看到你啊？”

陈旭答道：“我现在已经出站了，就在出口处。”

郝彦听了似乎很惊讶，着急地问道：“不可能啊。你是从哪个出口出来的？我现在是南广场那儿，你打听一下，看你现在的位置是不是南广场。”

陈旭让杨若依问了一下，才知道他们走错了，然后对郝彦说道：“哦，我们走错了，现在在北广场。”

郝彦说道：“知道了，你们就在那儿别走，我马上过去。”说完后，他自己疑惑了一下，怎么变成我们呢，不是就陈旭一个人吗，难道还有其他人？

大概一支烟的工夫，陈旭就看见郝彦急匆匆地向他跑来。见到陈旭，郝彦连忙道歉道：“都怪我电话里没说清楚，我们走吧。”说完就过来接陈旭的行李，这才发现陈旭后面还跟着一个女孩。他疑惑着看着陈旭，等待他的介绍。

陈旭来的时候并没有告诉郝彦说杨若依要来，他连忙解释道：“忘了给你介绍了，这是我女朋友杨若依。”说完他又对杨若依介绍道：“这是我的大学同学郝彦，大学的时候，我们睡一个铺。”

听了陈旭的介绍，杨若依大吃一惊，都忘了和郝彦打招呼，她表情很夸张地问道：“大学的时候，你们睡一张床？”

郝彦听了哈哈大笑起来。

陈旭连忙解释道：“不是，我们睡的是上下铺。我们大学里寝室一个床铺分为上下两层，睡两个人。”

杨若依这才恍然大悟地说道：“原来如此，刚才我还以为……”

郝彦此时已经笑得前仰后合。

他们一行三人并排朝着车站走去。五一的时候，东北的天气还挺冷，上海这边却早已温暖宜人了。陈旭和杨若依过来的时候还穿着外套。他们刚下车的时候已经感觉到有点热，此时走动，更觉得炎热难耐。陈旭这才领悟到为什么刚才路上的行人都用异样的眼光看他们，赶忙把外套脱了。

郝彦和陈旭在前面走着，杨若依跟随其后。郝彦凑过头来，低声对陈旭说道：“你小子行啊，找了这么漂亮的女朋友，还骗我说你们公司没有美女。”

陈旭笑道：“照你的意思，如果我们公司还有美女，你就跳槽去滨城不成？”

郝彦开玩笑道：“那也不一定非要跳槽，我可以周末打个飞机过去啊”。

这时正好有一辆出租车过来，郝彦招了一下手。出租车贴着他们的腿停了下来，他们依次上了车。郝彦把陈旭和杨若依安排在一家旅馆住下，说自己下午有点事要处理一下，不能陪他们了，晚上过来找他们吃饭，然后就急匆匆地走了。

安顿下来以后，陈旭和杨若依也有点累了。下午他们简单洗了个澡后，哪儿也不想去，就坐在床上看电视。晚上大概6点多钟郝彦来了，一同来的还有他们的大学同学夏雨欣。

大学的时候，陈旭他们班总共三十来人，才四个女生，其中就夏雨欣一人工作，其他三名全部考研了。陈旭曾经和她交往过一阵子，毕业以后他们最终以分手为结束，当时这件事对陈旭的打击挺大的，毕业后他也不曾联系过她，没想到现在又见面了，陈旭不禁有一丝惆怅。

夏雨欣其实长得并不是很好看，五官都很平常，属于那种和你擦肩而过你都不可能回头的类型，但如果和她相处时间久了，你就会发觉她浑身上下散发出来的美，就像一坛美酒，储藏的时间越久，味道越醇香，越让人回味无穷。

夏雨欣看到陈旭却挺兴奋的，可能拒绝别人远没有被别人拒绝那么令人刻骨铭心吧。对于杨若依，她也挺热情的，亲密地拉着杨若依的手，问这问那如同至交一般。

到了晚上，他们在酒店附近找了一家饭店吃饭，自然是郝彦做东。他首先开口说话了："我和雨欣在这里略备薄酒，为陈旭和杨若依接风洗尘。饭店是小了点，但是我们俩的心意却是……"他说到这里卡住了，想了一会儿道："礼轻情意重。"说完又觉得不好，赶忙解释道："反正就是那个意思。"

夏雨欣扑哧一笑："还千里送鹅毛呢。"她接着又正色道："不是我们俩，那是你，并不代表我。"

陈旭暗中观察着郝彦和夏雨欣说话时的神情，发现郝彦自从做了销售，变得比以前健谈多了，而且还发现他和夏雨欣之间好像有一层微妙的关系，虽然两人都在极力掩饰，但陈旭还是能隐隐地感觉得到。话又说回来，他现在已经和夏雨欣分手了，还想这些干啥。陈旭接过他们的话说："都是老同学了，还客套啥，再说你应付客户的那一套，我听着都感觉太假了。"

杨若依也附和道："是啊，我们来到这里已经挺麻烦你们的。"

正说着，服务员端着饭菜上来了。虽说已经上了好几盘菜，可是桌子上还是显得空荡荡的，每个盘子里的菜就那么几口。

郝彦笑着对陈旭和杨若依说道：“上海菜虽说没有咱们东北实惠，但是浓缩就是精华嘛，味道有点偏甜，不知道你们吃不吃得习惯。”他俨然已是上海人的样子，接着又说道：“本来我想请你们到东北餐馆吃，但是一想你们好不容易来趟上海，还吃东北菜，有点说不过去。”

陈旭笑道：“郝彦，你大概已经忘了我是南方人了吧。你还记不记得我们寝室第一次出去吃饭，看到服务员端上那么大的一个盘子，我当时还说‘怎么服务员把锅都端上来了’。”

大家都哈哈大笑起来。

郝彦说道：“怎么不记得，你当时还担心我们吃不完怎么办，没想到最后又要了几盘菜。”他接着感慨道：“真怀念大学里大块吃肉，大碗喝酒的时光啊。”他举起酒杯，大声说道：“来，为我们逝去的大学生活干杯。”

说完以后，他们四个人就一起碰了杯。

吃了一会儿，他们开始聊起天了。夏雨欣拉着杨若依的手，亲密地问道：“跟我说说，你和陈旭是怎么认识的？”

杨若依起初还有点不好意思，但是拗不过夏雨欣的再三请求，最后只简单地说：“我和他是同一个公司的，而且是老乡。在一次回家的火车上遇见的，后来就慢慢认识了。”

夏雨欣说道："原来是这样啊。说起来，陈旭当时可是我们班女生的偶像，他是我们系篮球队的主力小前锋，打球帅呆了。"

杨若依听了似乎很惊讶，说道："是吗，没看出来。他那么瘦，还能打篮球。"

别看夏雨欣是个女孩，她还挺喜欢篮球的，尤其喜欢看NBA。她说道："谁说瘦就不能打篮球呢，就说犹他爵士的基里连科，比陈旭瘦多了，人家还打NBA呢。"

基里连科是谁？NBA又是什么？杨若依听得一头雾水，只能诺诺地答道："是啊。"

夏雨欣发觉杨若依好像对陈旭的过去不怎么感兴趣，就转换了话题："上海可比东北繁华多了，明天咱们一起去逛街吧。"

其实并不是杨若依对陈旭的过去不感兴趣，而是她不愿意别的女孩在她面前谈论他，她知道夏雨欣是陈旭的同学，但又不能表现得对夏雨欣很冷淡，于是装出很兴奋的样子说道："好啊，我明天也正好打算去逛街。"

和杨若依说好以后，夏雨欣就转过头来对陈旭说道："陈旭，明天借你的女朋友用一下，可以吗？"

陈旭和郝彦聊得正起劲，被夏雨欣这么一问，有点丈二和尚摸不着头脑。

夏雨欣看到陈旭似乎没有听明白的样子，又复述一遍：“就是明天我要和杨若依去逛街。”

陈旭这下听清楚了，笑着答道：“你要和杨若依逛街，问她就可以了，问我干啥？”

第二天早上，夏雨欣过来和陈旭打个招呼就和杨若依一起出去了。她们先来到了淮海路，然后又去逛了南京路。上海就是上海，道路两侧的高楼大厦鳞次栉比，比滨城繁华多了，杨若依一路赞叹，夏雨欣对她说：“如果晚上来，这里会更美。”

走了一天的路，俩人都累得够呛。商场跑了不少家，可是杨若依买的东西并不多，她嫌这里的东西太贵了，就买了条裙子和一双凉鞋。倒是夏雨欣买的东西挺多，大包小包挂了一身。

傍晚的时候，杨若依和夏雨欣漫步到了外滩。杨若依走到了江边，她把东西放下，手扶着栅栏，脑子里什么也不想，迎着黄浦江传来的习习凉风，好不惬意！

从外滩这边望过去，对岸高楼林立，东方明珠电视塔的塔尖如同长长的细针直插云霄，九十四层环球金融中心和八十八层的金茂大厦比踵并肩、争芳斗艳，那里就是著名的陆家嘴金融贸易区。

黄浦江的西边是另一番风景，复古的欧式建筑，哥特式、罗马式、巴洛克式的建筑风格在这里完美地融合在一起，让人仿佛置身于古欧洲的一个繁华的都市。这里就是外滩，而外滩的精华就在于这些被称为“万国建筑博览”的古建筑。

一面是昔日的“远东华尔街”，一面是未来的国际金融中心，古典与现代的建筑，两个不同年代上海的缩影，在一条黄浦江上展现在世人的面前，不得不让人折服。

望着眼前的景色，杨若依突然转过头问夏雨欣：“陈旭是你以前的男朋友?”经过一天逛街的经历，她和夏雨欣的关系亲密了很多，对她也颇有好感。

夏雨欣没有想到她会问这个问题，一时不知道怎么答才好。过了一会儿，她才慢慢地答道：“你怎么突然想起问这个问题？是陈旭告诉你的?”

杨若依解释道：“别误会，陈旭根本没有和我提起过你。我是昨天从陈旭看你的眼神里看出来的，随便问一问，你不想回答也没关系。”

夏雨欣说道：“其实也没有什么，都是过去的事情，如果你想知道的话，告诉你也无妨，你不介意就行。”

杨若依朝她笑了笑："怎么会呢，反正现在也挺无聊了，就当解解闷。"

夏雨欣继续说道："我和陈旭一开始也不是很熟悉。虽说是大学同学，可是在一起的机会也不是很多，相互了解的也比较少。大三的下学期，我们俩都要考托福，所以经常一起去复习，时间长了，就相互有了好感。你也是知道的，大学生活太无聊了，反正闲着也是闲着，就走到了一起。毕业后他去了滨城，我来了上海，也就分手了。情况就是这样，毕业后我们都不联系了，之前也没有想到他会来上海。"

杨若依似有所悟地点了点头。

陈旭和杨若依在上海待了三天，郝彦他们本来还想多留他们几天，可是杨若依说她有点事，想早点回去。没有办法，陈旭只能陪着她。在回去的火车上，陈旭看到杨若依似乎有心事，就问道："我看到你这几天精神都不是太好，是不是生病了？"

杨若依答道："没什么，就是晚上睡得不踏实。"

郝彦看到她欲言又止的样子，知道一定有什么事。他发现杨若依自从和夏雨欣逛街后心情就一直不好，难道夏雨欣对她说了什么，陈旭忐忑不安。他试探地问道："那天和夏雨欣逛街，你们俩人都聊了些什么啊？"

杨若依不想谈这个话题，于是不冷不热地答道："没什么，就是瞎聊呗。"

陈旭从她的语气中知道里面一定有事，他不想因曾经和夏雨欣的关系而影响到现在和杨若依的感情，就把和夏雨欣的事从头到尾和她说了一遍。

杨若依听完以后，平静地对陈旭说道："这是你和她之间的事，没必要和我说，况且都过去了，我也不计较这些。"

陈旭解释道："我也没有别的意思，就是想让你知道，我对你的感情就像月落日出，花开花落，亘古不变。"

杨若依看到陈旭信誓旦旦的样子，扑哧一笑道："谁让你发誓了。"

陈旭左右张望了一下，发现四周没啥人，于是就探着身体过来想吻杨若依。杨若依正和陈旭说话，没有料到他会突然吻自己，吓了一跳，急忙躲开了，笑道："你胆子真大啊，不怕被人看见啊。"陈旭没有回答，作势又要上前吻她，杨若依无路可退，大叫道："你再要上前，我就要喊人了。"陈旭以为杨若依只是和他开个玩笑，可是看到她真的要喊的样子，不顾她的反抗，连忙用嘴堵了上去。

# 12

IT业是有名的“两高”行业——高工作强度和高跳槽率，一般每年都有两次大的跳槽机会，一是春季2至4月，这个时候正好是春节前后，一般企业都已经发完年终奖金，准备跳槽的人都希望在新的一年里有个好“薪情”，所以一般都选择在这个时候。再一个就是8至10月，正是应届大学生求职的黄金时间，企业为了节约成本，在为那些毕业生准备的各种招聘会上，也会提供一些中高端职位以吸引在职人员。正所谓：深秋前春节后，正是白领跳槽时。

这天，陈旭正聚精会神地看着客户文档，突然接到了一个陌生的电话。现在垃圾电话泛滥，害得陈旭都不敢接陌生的电话。他犹豫了一下还是接了，对方是个男人，他开门见山地对陈旭说，他是国内另一家大的IT公司的王先生，搞人力资源的，问陈旭是否有兴趣参加他们公司的招聘会。

陈旭刚工作不久，所以没有考虑过跳槽的事，可是对方是国内著名的大公司，他不想放过这个极好的机会。他思考再三，本想放弃，可是转念一想，反正自己总有一天会跳槽，这次权当积累个经验，能不能应聘上另当别说。这么想着，陈旭也就心安理得一些。

面试地点定在香格里拉饭店，时间是这个星期六的下午三点。因为怕找不着地方，面试那天，陈旭很早就从家里出来了，结果和他料想的差不多，很久才找到面试地点。好不容易到了饭店后，里面繁多的房间又把陈旭搞得晕头转向。

面试他的王先生看上去很面善，大概 30 岁左右的样子，他笑呵呵地把陈旭请进了屋。待他们在靠近窗户的一个圆桌前坐下以后，面试就开始了。在问陈旭问题之前，王先生先做了一下自我介绍，然后才开始问陈旭一些基本的问题，比如说他什么时候毕业的，工作了几年了，有什么兴趣爱好之类的，陈旭都一一作了回答。待陈旭回答完以后，王先生还问到陈旭工作累不累，特别强调是精神方面的。陈旭以为他只是随便问问，就随口回答说还行，可是事后联想他们公司的“床垫文化”和“加班文化”以及网上关于自己的公司员工因劳累猝死的传闻，这样想来，王先生当时并不是随便问的。

不管陈旭怎么回答，那位王先生都一副笑呵呵的表情，根本看不出他的想法。了解完陈旭的基本情况以后，王先生又从圆桌下面的包里拿出一份试题让他做。陈旭接过试卷一看，是关于C语言方面的，陈旭现在的工作语言是Java，就对王先生说他C语言已经忘得差不多了，而且他对C语言方面的工作也不感兴趣，所以自己不想做了，但王先生还是坚持让他做完，说既然来了就试试看。看到王先生那么热情，陈旭没有办法，只能凭着脑子里在大学时期留下的关于C语言方面的零星记忆，硬着头皮把试题做完了。王先生接过陈旭交来的试卷，简单地看了一下，然后对陈旭说今天的面试就到这，让他回去等通知，说话的时候依然是笑呵呵的表情。

回来以后，陈旭心想自己肯定没戏了，很快就把这件事忘了，没想到过了几天以后，那位王先生又打来电话，让他参加他们公司组织的统一面试。陈旭本来就不打算跳槽，笔试时也随便写的，没想到竟然通过了。这么容易就通过首轮面试，对方又是国内知名的大公司，这激发了陈旭对跳槽的兴趣，下班回到家，陈旭又把大学里的C语言课本拿过来重新学习了一遍。

第二轮面试的这天上午，阳光明媚，陈旭的心情也一样，他特意穿了一身正装，还打了领带，准时来到了面试地点。面试地点定在另一家宾馆的会议室，陈旭到的时候，会议室里已经挤满了人，大家都正襟危坐地等候面试，陈旭也找了一把椅子坐下来。面试地点分为两个房间，一间是等候区，所有前来面试的人都在里面等待，等候区靠近门口的地方摆放着一张办公用桌，后面坐着一男一女两个人。女士负责招待前来面试的人，男士负责登记。另一间是面试区，轮到的人就被喊到里面去接受面试。陈旭原定面试的时间是九点钟，可过了九点半依然没有轮到他。陈旭这下有点不高兴，他就上前和负责接待的人员交涉，那个人态度和蔼地告诉他马上就轮到他了，让他少安毋躁，陈旭又回到了座位上。又等了大概五分钟，终于轮到他了。

这回面试陈旭的是位女士，看不出年龄，长得还算漂亮，看样子应该不是做开发的。和之前面试他的王先生很相似，这个面试官也一副很和蔼的表情，仿佛陈旭是她的一个亲戚或者朋友。她也先做了一下自我介绍，然后问陈旭什么时候毕业的，工作了几年，有什么兴趣爱好之类。同一个问题被问了两遍，陈旭感到很不爽，但他还是耐着性子一一作了回答。这时候，从外面进来一个人，走到那位女面试官耳前低声说了几句话，那位女面试官让陈旭稍等，然后就和那个人一起出去了。

陈旭无聊地坐在椅子上，眼睛漫无目的地四处望了望，屋子里同时进行着好几个面试，每个面试者都面带微笑，尽力装出和面试官交谈得很愉快的表情，最后陈旭的视线落在他前面桌子上的一张白纸上。陈旭记得每次面试官出来叫人面试的时候，那个接待人员都会给他一张纸，大概就是前面的这张吧，上面似乎还写着一行字。陈旭很好奇上面到底写着什么，就随手拿来一看，不看不要紧，这严重影响到了陈旭面试的心情。那纸上写着上次面试官对他的评价：大学时期学的C语言，不过现在基本上都还给老师了，并且态度不是很好。陈旭心想，说自己C语言不好也就认了，竟然说自己态度不好。一气之下，陈旭也不想再继续面试了，从椅子站起来走了。走到门口的时候，正好遇见说完话回来的女面试官，他也没打个招呼径直走了。下楼梯的时候，还听见那个女面试官在后面嘀咕道，说她还没面试完，那个面试者怎么走了。

等公交车的时候，陈旭越想越来气，感觉从头至尾都像被骗了似的，可是转念一想，那个女面试官可能明知不会录用陈旭，依然很认真负责地面试他，其敬业精神让人敬佩，想到自己这样不负责任地走了，不禁感到深深的惭愧。

公交车终于来了，等车的人就像一群看到食物的昆虫，一窝蜂地全都挤了上去。陈旭本来不想和他们争挤，却也被人流裹着向前走去。

现代社会就是一个弱肉强食高度竞争的社会，每种资源都像是一种食物，有一大群猎食者正虎视眈眈地盯着它，如果你竞争不过别人只能被淘汰，这样想着，陈旭不免感到有一丝残酷。这个时候，本来在陈旭前面走的人突然掉头要下车，陈旭躲避不及，正好和他撞上了。其实这并不是陈旭的错，可是他本着息事宁人的态度，连忙向他道歉，那人好像有什么急事，神色很慌张，也顾不上和陈旭说话，急匆匆地走了。

回到家天色已晚，陈旭想打电话给杨若依约她吃饭，一摸口袋，手机没了。一开始他还以为自己忘记放哪了，可是找遍了房间也没有，他把一天的经历在脑子里过了一遍，这才意识到手机被人偷了。面试没通过，手机又丢了，陈旭的好心情全没了，他晚饭也没吃，直接上床睡觉了。

陈旭的工作没有换成，张朝洋却跳槽了。前两天上班的时候，陈旭看到张朝洋在座位上整理东西，还跟他开玩笑说他今天怎么突然变得勤快了，没想到他已经辞职了。张朝洋跳槽到了软件园的一家外企，属于高升。陈旭私底下让他请客，他也爽快地答应了。

在软件园里的跳槽，从大的方面来说，是从一家公司跳到另一家公司，从小的方面来说，可能就是从这栋楼搬到另一栋楼，如果再往小的方面说，可能就是从这间办公室转到那间办公室，连楼层都不用换。所以软件园里经常会发生员工走错办公室的事情。

陈旭和张朝洋约好下班后一起去吃饭。陈旭准时来到了地点，可是等了半天也不见张朝洋的身影，陈旭想打电话给他，想起手机丢了，急得如同热锅上的蚂蚁。又过了许久，这才看见张朝洋急匆匆地跑来。

还没等陈旭抱怨，张朝洋首先解释道："陈旭，实在很抱歉。本来今天应该正常下班，可是下班之前，领导突然找我有点事，所以就耽搁了。一下班我就急着赶过来，刚才打电话给你，你不接，我还以为你已经走了。"

听完张朝洋的解释，陈旭的气全消了："我的手机被人偷了。没事的，咱哥俩谁跟谁啊。不过可说清楚了，今天是你请客，我可不客气了。"说完搂着张朝洋的肩膀朝饭店里面走去。

张朝洋边走边笑道："你啥时候和我客气过啊。"

到了饭店，坐定之后，张朝洋把菜单递给陈旭，对他说道："哥们想吃啥就点啥，千万甭跟我客气。"

陈旭笑道：“你还指望我帮你省钱？你一说吃，我还真有点饿了。今天我可是有备而来，中午饭也没吃，就为今晚这顿大餐。那咱就先上几道硬菜。”说完他招呼服务员点菜。

张朝洋一看陈旭那阵势，也有点心虚了，对他说道：“哥们儿虽然跳外企了，可挣得也不是美元。能吃多少点多少，也不能太腐败了，是吧，陈旭？”

陈旭看到他小心翼翼的样子，哈哈大笑道：“我就和你开个玩笑，吃点啥无所谓，关键是有酒，喝得尽兴就行。”

张朝洋这下有底气了，他知道陈旭就两三瓶的酒量，连忙说道：“陈旭，我不是那个意思。你该点啥还点啥，今天是吃好喝好，喝什么啤酒，青岛还是哈啤？”

陈旭说道：“还是雪花吧，大学四年都喝这个，已经习惯了，”然后他接着问道：“你到外企工作感觉如何？”

这个话题激起了张朝洋的兴趣，他眉飞色舞地向陈旭描述道：“外企真是不一样，别的不说，就这办公条件吧，拿我们原来的公司来说，每个人座位空间都那么小，你想伸个懒腰都怕碰到别人。四面墙光秃秃像医院似的，更恶心的是有的办公室竟然没有窗户。”说到原来的公司，张朝洋不免激动起来：“还有那厕所，我们部门大概有几百号人吧，厕所坑位就那么几个。有时候想上个厕所都要跑好几个楼层。”

陈旭也附和道：“就是就是，咱们公司的大厅，大的跟停车场似的，有什么用！更气人的是，现在还搞什么快速通道。那天下班后，看到那个快速通道，我大吃一惊，还以为地铁入口搬咱公司来了。”

当天晚上，俩人喝得酩酊大醉。

# 13

手机丢了给陈旭的生活造成很大的不便，于是他决定这个周末去买一个。

现在的手机市场真是琳琅满目，各式各样的手机让人眼花缭乱，可能是现实不太尽如人意，国内厂商把多余的智慧和激情都用在手机的推陈出新上，造就了今日手机市场的虚假繁荣。

逛了一上午，陈旭几乎把大厦里卖手机的店铺全逛遍了，眼花缭乱，还是没有决定买哪款，不是价格不合适，就是款式太难看。本来如果是他自己买的话，在网上挑个性价比高一点的就搞定了，问题的关键是杨若依下周一要过生日，他想买对情侣手机，另一个送给她作生日礼物，所以手机的价钱不能太便宜，款式也不能太难看。

快接近中午的时候，陈旭终于挑选出一款比较满意的手机，当他和手机店的老板谈价钱的时候，老板说看他挺面熟的，还便宜了一点。陈旭付完款后转身要走，老板却叫住他，陈旭开始还以为账算错了，一问才知道，原来是他打字打惯了，顺手就在账单上写上了他名字的拼音。

陈旭拿着手机，脑海里幻想着杨若依看到时高兴的情景，心中乐开了花。到家他就筹划着如何给她过生日，下午还特意到蛋糕店预订了一个大大的蛋糕。

周一的晚上，陈旭约杨若依出去吃饭给她过生日，本来气氛挺好的，可是当陈旭把手机送给杨若依的时候，她却拒绝接受，为这事他还和她吵了一架，俩人不欢而散。

和杨若依分开以后，陈旭漫无目的地顺着街道走，他此时心里很乱，脑子里仔细思考着今天晚上的经过，难道杨若依不喜欢自己？陈旭脑子里突然冒出的这个想法吓了自己一身冷汗，想来想去陈旭得出一个结论：杨若依还是喜欢自己的，可她为什么又不接受自己的礼物呢？怎么也搞不明白，他发现杨若依虽然很随和，但是有时候固执起来别人怎么劝也不行。就在陈旭胡思乱想的时候，防空警报骤然响起，凄厉的警报声如同厉鬼嚎叫一般，撕心裂肺，陈旭这才想起今天是 9 月 18 号，听着道路上挤满的日本车发出的鸣笛声，陈旭知道他明天还会去找杨若依。

第二天下班后，杨若依因为还有一点事情要处理，加了会儿班。当她从公司出来的时候，发现陈旭站在门口等她。天色已经很晚了，难道他下班后一直在等我？想到这里，杨若依心里不禁有一丝感动，她上前关切地问道："你什么时候过来的？怎么也不打个电话！"

陈旭本来想向杨若依道歉，特意到花店买了一大束鲜花，到她的办公室楼下等她，没想到等了半天她才下来，可他不想让杨若依知道，于是装出一幅很轻松的表情答道："我也是刚到，"然后把鲜花递给了杨若依说道："送给你。"

因为天已经黑透了，楼下的路灯很暗，当她从公司出来的时候，只看见陈旭站在门口，并没有注意到他手里还拿着东西，看到陈旭像变魔术似的从身后拿出一束鲜花，杨若依吃惊地问道："这鲜花是从哪里来的？"

陈旭觉得杨若依问得好奇怪，于是开玩笑道："当然是买的，难道还是抢的不成？"

杨若依笑道："我不是那个意思"。她接过花闻了闻说道："真香，"然后上来挽陈旭胳膊，俩人并排顺着马路向前走。

杨若依边走边问道："今天怎么突然想起送我花呢？"

陈旭用一种很无奈的口气答道："手机没有送成，只能送你花了。"

杨若依突然停了下来，换了一副很严肃的表情，对陈旭说道："陈旭，我知道你想让我高兴，但这样会给我很大的压力，我有我的原则。"然后她拉着陈旭的手，恋恋地看着他，轻声地问道："我昨天不要你的手机，你会不会在心里怨恨我？"

陈旭看着杨若依天真得像个小孩子，两眸如幽静的湖水般清澈透美丽，他突然紧紧地拥抱杨若依，两只手抚摸着那如绸缎般光滑的头发，心里不由得一阵荡漾，轻声地对杨若依说："答应我，我们永远也不分开。"

杨若依格格地笑了起来问道："你今天怎么了，怎么突然多愁善感起来了？"

陈旭没有回答她的问题只是把她抱得更紧了，说道："你还没有答应我呢！"

杨若依被陈旭勒得有点喘不过气来，她的脑子在快速思考，是不是陈旭受到某种刺激？难道是我昨天没有收他的礼物？想到这里，杨若依不禁有一点歉意，她对着陈旭的耳朵轻声地说道："我答应你，我们永远也不分开。"

一轮圆月静悄悄地斜挂在天空，周围也一片寂静，在那寂静中可以听到一丝轻柔的声音。

# 14

这个春节，陈旭和杨若依说好一起去她家过年。放假的前一个周末，俩人一起到商场买礼品，准备过年送给她的母亲。

杨若依很小的时候父亲就因为车祸去世了，母亲为了让她有一个比较好的成长环境一直没有再嫁，独自一人把杨若依抚养成人，虽然母亲对她的要求很严格，却从来没有打过她。记得有一次，杨若依不小心把母亲给她的学费钱弄丢了，放学回家后，她战战兢兢地把事情告诉了母亲，以为她一定会责骂她，但是结果却出乎意料，母亲只是让她以后一定要小心，并没有责怪她。晚上准备睡觉的时候，她听到从母亲房中传来窸窸窣窣的响声，就好奇地推开母亲的门，发现她在床上抱着枕头哭泣，那时她就发过誓，以后一定不会让母亲伤心。

到了商场以后，陈旭净挑选些高档的东西，但是最终都被杨若依一一否决了，她说妈妈如果看到陈旭送这么贵的东西，一定会以为他好花钱，不晓得珍惜，但也不能买便宜的，那样母亲又会说，男人花钱还这么缩手缩脚的一定很窝囊。陈旭最后无奈地笑了笑说：“贵的不能买，便宜的也不能买，那让我买啥啊？”杨若依告诉他说：“当然是买实用的”，她反问陈旭：“你们学计算机的不是最讲究实用的吗？现在怎么忘了。”

在去她家的路上，杨若依不厌其烦地在陈旭耳边念叨，说她母亲最看重礼数，让他到时站一定要有站相，坐也要有坐相，吃菜的时候尽量只吃自己这一边的，如果家里来了什么亲戚的话，她叫人家什么陈旭也跟在后面叫什么。和亲戚讲话时，不能太主动，也不能不理睬人家，别人问什么你答什么。陈旭本来想和杨若依开玩笑说，应该是他紧张才对，但看到她一本正经的样子，也不敢有丝毫的懈怠。他在心中默默地又把杨若依的话在脑海中重温了一遍，确认自己已经记住了，这才放下心来。

终于快到杨若依家了，这也宣告着杨若依对陈旭耳朵轰炸的结束，陈旭非但没有高兴，反而紧张起来。杨若依笑他怎么临阵怯场了，陈旭说自己也不知道，心脏莫名其妙地跳得厉害，根本不受他的控制。杨若依挽着他的胳膊，安慰他说她母亲又不是老虎，不是还有她嘛，让他放心。

杨若依的家乡在太湖边上一个不知名的小镇上，离苏州市区不到半小时的路程。虽与陈旭的家乡南京在地理上同属江苏，但南京却没有“小桥流水人家”，曾是“六朝古都”的金陵，相比于江南水乡，多了一份繁华和沉重，少了一份秀美和怀旧。

火车到站的时候，苏州正淅淅沥沥地下着小雨。出了火车站，陈旭仔细打量着他梦里多少次都想来的苏州。火车站好像正在改建，地上积满了雨水，到处坑坑洼洼的，站前的道路因为施工，被雨水一浇，显得很脏乱。极目望去，到处都是雾蒙蒙的，根本分不清哪儿是东哪儿是西，和陈旭梦里的苏州简直差了十万八千里。

陈旭到火车站附近的商店里买了一把伞，然后撑着伞和杨若依走向了雨中。虽然此时雨下得不是很大，但道路上到处都积满了水，他俩小心翼翼地走向了公交车站。等车的人很多，陈旭和杨若依费了好大劲才挤上去。

上车后，又过了一会儿汽车才启动。陈旭听着车上的吴侬软语，呼吸着湿润的空气，随着那拥挤的公交车，一头扎进了烟雨蒙蒙的水乡。

车走了大概半个小时，就到了杨若依家乡的小镇。从远处望过去，小镇到处充满了诗情画意的美景，白色的墙，黛色的瓦，窄窄的小巷，一条条纵横交错的小河，一座座雕刻精致的石桥，仿佛就是一首淡雅清丽的散文诗，一幅空灵隽秀的水墨画，这里才和他梦中的苏州小镇吻合了。

陈旭撑着伞和杨若依一起，顺着那蜿蜒曲折的小径走进了镇里，小镇依街的民居皆是店铺，一律是用青砖垒砌的，杨若依的家就在镇上一条古朴的小巷中，是两层小楼，下面一层经营服装，上面是她家日常起居的地方。

他们俩到家的时候，杨若依的母亲正在卖衣服，她远远地就看见他们，正冲他们笑。到了门口，陈旭朝杨若依的母亲笑了笑，说道："阿姨好。"杨若依的母亲一边招呼他进屋，一边说道："你就是小陈吧，快进屋，别让雨水给淋着了"。她又从后面端出一个盆，倒了热水，让他们洗脸。陈旭抽空打量着她，杨若依的母亲大概50岁左右，有点瘦，两鬓的头发已经发白，很和蔼的样子，就是时不时会咳嗽，身体好像不是太好。

陈旭和杨若依在楼下待了一会儿就上楼去了，这屋子从外面看是两层小楼，可是从后门进去，里面竟然有一个院子，院里种满了各种植物，边上有个小平房，不知道做什么用。陈旭跟在杨若依的后面，从悬在外面的楼梯上了楼。

楼上分为两室一厅，地方还挺宽敞的，东边是杨若依母亲的卧室，西边是杨若依自己的卧室。客厅布置得简洁而又典雅，一套古典的红木沙发摆在客厅的左边，前面摆放着配套的茶几，上面有几盘水果。沙发里面靠近窗户一端摆着一个古老的半人高的座钟，靠近窗户的地上是几盆大大的吊兰和水仙。客厅的右边有一个实木电视柜，上面摆放着一台电视机，电视机上面盖着一块很古老的四边带有镂空花纹的白布。

杨若依找了一双拖鞋让陈旭换上，俩人在客厅呆了一会，杨若依的母亲就上来了。她说快到中午了，他们一定饿了，她马上去做饭了，然后又下楼了。因为在外面淋湿了，杨若依让陈旭先坐一会儿，自己先到卧室里收拾一下。过了一会儿，她就换了一身干净的衣服出来了。她让陈旭也进去把湿衣服换一下，说不然很容易感冒。

陈旭推门来到了杨若依的卧室，从带来的包里拿出一条裤子和一件外套，他坐在床沿换衣服的时候，仔细打量了一下杨若依的卧室。房间布置得很温馨，靠近中间的位置摆放着一张床，上面整齐地放着一床被子。床的南边有个窗户，窗户的外围雕镂着各种花饰，下面放了张梳妆台，边上有个衣柜。床的北边靠墙放着一个书柜，上面摆满了各种书籍。

书柜旁边有个写字台，上面放着一个很别致的台灯，边上零零散散放着几本书。

陈旭换完衣服以后，和杨若依坐在沙发上说了一阵子话，杨若依的母亲就上来招呼他们下楼吃饭。

陈旭就和杨若依来到了楼下的小平房，屋子里面分成两间，一间是厨房，另一间留作吃饭用。杨若依的母亲还在厨房里面做菜，听见陈旭他们进来，就招呼道："依依啊，你和小陈先吃着，我还有一个汤就好了。"

陈旭坐下来，还没动筷子，杨若依的母亲就端着一碗汤出来了。她看到陈旭只坐在凳子上，边走边说道："小陈啊，怎么不吃啊？"

陈旭拿起筷子，笑着说道："正吃着了。"

杨若依的母亲把汤放下，也坐了下来。她对陈旭说道："就顺便做了几道菜，也不知道合不合你胃口。"

陈旭连忙回答道："挺好吃的。"

饭菜很丰盛，摆满了整整一张桌子，看来杨若依的母亲费了不少工夫。陈旭也遵守着杨若依给他的劝告，吃菜的时候只吃他这一边的。杨若依的母亲还以为，陈旭第一次来有点生疏，不停地往他的碗里夹菜。

下午雨还没有停下来的意思，陈旭待着也没事干，就让杨若依找些书来看。杨若依不知道陈旭爱看什么书，就领着他到她的卧室里，让他自己挑。不看不知道，杨若依的书还真挺多的，国内和国外，古代和现代，小说和散文，有名的书籍大多都有。陈旭从中挑了一本散文集，坐在写字台的椅子上浏览一下。正看着，陈旭的眼光忽然被桌子上的一本书给吸引了，书本身很厚，看起来挺旧，应该被翻阅了很多遍，已经合不起来了，书页自然地张开，如同一头被拉开的手风琴。陈旭朝封面一看，是前苏联作家奥斯特洛夫斯基的《钢铁是怎样炼成的》。

上中学的时候，陈旭的班上特别流行这本书，同学间互相传着看，一般书只能在一个人手中停留两天，轮到陈旭的时候，因为他看的比较慢，所以两天的时间到了，他还没有看完。上课的时候，他就把书放在课桌里偷偷摸摸地看，一开始他还时不时看看黑板，到后来看得入神了，就完全沉浸在书中，根本忘记自己在上课。最后被老师发现了，书也被没收了。因为书是同学的，自己也没有钱买一本，他就到老师的办公室里想要回那本书。到了办公室正好老师不在，陈旭发现老师的办公桌上竟然放着好几本同样的书，趁其他老师不注意，就把他那本拿了回来。最后老师也没追究，可能是因为书太多了，老师也不知道到底有几本。

陈旭把那本拿起来翻着看，他对杨若依说道："我上中学的时候，班上特流行看这个，一本书大家轮流着看。"

杨若依说道："是啊，我们当时也一样，我这本书就是让同学轮流看才这么旧的。"

陈旭笑道："我还以为这本书只有男生才喜欢看，没想到你们女生也爱看。"

杨若依有点不解地问他道："为什么只有男生才爱看？我当时可崇拜保尔·柯察金了，当读到他双目失明的时候，我都难过地哭了，没想到后来他还那么坚强。我当时就发誓：一定要像保尔一样，做个坚强的人。"

陈旭和她开玩笑道："真没看出来，你还是保尔·柯察金的fans。"然后又低头，把书不停地向前翻着看。

听了陈旭的话，杨若依沉默半晌。她回想起自从她父亲出车祸以后，她母亲为自己受的那些苦，竟流起眼泪来。

陈旭不停地翻阅着那本书，不知道是真的想看里面的内容，还是只是想把它翻到尾。终于翻到最后了，陈旭把书抹平了又重新放回桌子上。

杨若依看到陈旭合上了书，怕他抬头看见自己流泪，赶忙用手把眼泪擦干净。

陈旭把书放回桌子上，没想到那书自己又翘了起来。陈旭看到桌台上有一本红色封面的笔记本，就想拿过来压在那翘起来的书上。当他刚要拿到的时候，却被杨若依抢先拿去了，她对陈旭说道：“这是我的日记本，不能让你看。”说完还郑重其事地把它放抽屉里锁了起来。

陈旭笑道：“谁说我想看呢？我只是想找本书盖在这本翘起来的书上。”陈旭突然记起来他曾在杨若依的包中看到过这个笔记本，挺好奇，就凑到杨若依的跟前，嘻笑地对她说：“是不是你日记里记录着什么秘密？”

杨若依笑着把他推开了道：“恕不奉告。”

晚上睡觉的时候，杨若依让陈旭睡她那屋，她和她母亲一起睡。

临睡前杨若依的母亲又抱来一床被子给陈旭，她说晚上可能会冷，让他小心冻着。陈旭道谢以后，就睡下了。

夜深人静，只听见从窗外传来淅淅沥沥的雨声和雨水从屋檐流下来轻轻敲打窗户的声音，在烟雨蒙蒙的小镇，陈旭一个人静静地躺在床上，呼吸着浮在空中一丝若有若无的淡淡的幽香，细数着窗外的雨滴，别有一番滋味。

第二天，雨终于停了，但天还没有完全放晴，太阳也像刚过门的小媳妇，羞答答地半遮个脸。快到中午陈旭方才从睡梦中醒来，这一觉仿佛睡了一个世纪，醒来的时候，陈旭神清气爽。他从床上一跃而起，迅速地穿好了衣裳，推门来到了客厅。

杨若依正坐在沙发上，手里拿着一袋瓜子，边磕边看电视，看到陈旭出来，视线从电视转到陈旭身上，说道："起床了。"

陈旭整理一下蓬松的头发，说道："早。"

杨若依抿嘴一笑，放下手中的瓜子，站了起来说："还早啊，都快中午了。"然后从门后拿出一条白毛巾递给陈旭，对他说道："先洗个脸吧。"

陈旭瞄了眼沙发边上的座钟，已经快十一点了，他不好意思地挠了挠头说道："你怎么也不叫我啊？害得我这么晚才起来。"

杨若依笑道："我看你鼾声那么大，猜你一定睡得很香，所以就没叫你。"

陈旭惊呼道："我还打呼噜？"心想杨若依的母亲一定也听见了，然后喃喃自语道："看来这次脸丢大了。"

杨若依看到陈旭惊慌失措的样子，禁不住笑了起来，对他说道："骗你的，看把你吓的。"

听到她的回答，陈旭这才安下心来洗脸。他把整个脸浸入到水中，让冷水刺激一下刚才因为紧张而略微发烫的脸庞。

杨若依站在陈旭身边，继续对他说道："早饭还给你留着了，你呆会吃点。吃完后陪我去街上买袋米吧，家里的米快没了。"

陈旭把头从盆里抬起来，用毛巾擦了擦脸上的水说道："我们现在就去吧，早饭就不吃了，一会直接吃午饭得了。"

洗完脸陈旭和杨若依下了楼，在楼下碰见了杨若依的母亲。

她看到陈旭下来，问道："起来了，昨天晚上睡的习惯不习惯？"

陈旭朝杨若依的母亲笑了笑，答道："嗯，挺习惯的。"

陈旭又和她聊了几句，杨若依对她母亲说道："我和陈旭到街上去一趟。"然后就和他出去了。

这时天已经放晴，连续几天的阴天，太阳仿佛也憋得难受，此时终于可以出来透口气了，尽情地把阳光散落在灰色的瓦片间，斑驳的青石板路上以及匆忙的行人身上。

陈旭和杨若依默默地行走在古老的石路上，听着鞋底敲击石板发出的清脆的响声，陈旭突然吟道："江南好，自古出美女。面似芙蓉胜三分，楚腰纤细弱似柳。能不忆江南？"

杨若依扑哧一笑，说道："我刚才还疑惑你怎么不说话了，原来是在想词了。怎么白居易的词：'江南好，风景旧曾谙'到你嘴里竟成了'自古出美女'呢？"

陈旭笑道："有你相陪，我哪有心思再去欣赏别的风景啊！"

杨若依嫣然一笑，说道："词模仿的不怎么样，这句话说的还算得体。"

这时他们来到一家粮杂店，杨若依说了一声："到了"，就领着陈旭进去了。

店堂里面光线阴暗，陈旭进去后，眼睛过了一会儿才适应，他仔细打量了屋里的情景，地面铺着石青的方砖，靠近墙角堆放着各种粮食口袋。迎着门的一张方桌上面放着一个茶杯，桌子中间放着一把漆黑的算盘，边上还有一个破旧的本子，里面夹着一只钢笔，可能用来记什么东西的。方桌后面坐着一位60岁左右的老者，花白胡子，头上顶着小皮帽，鼻梁上戴着一副哈利·波特似的大黑框老花镜，正躺在椅子上看报纸。椅子边上立着一炉子，上面搁着一只茶壶，在烧着开水，壶嘴里正有气无力地向外吐着热气，那老者看到杨若依进来，取下眼镜站了起来说道："依依回来了。"

杨若依连忙迎了上去道："是啊，昨天才回来的。吴大爷，您身体怎么样？”

吴大爷朝她摆了摆手：“人老了，一年不如一年了。”又指着杨若依身边的陈旭说道：“这位年轻人是？”

杨若依把陈旭拉过来介绍：“这是我男朋友陈旭。”

吴大爷连连夸奖：“小伙长得挺俊的。”

陈旭被说得有点不好意思，他红着脸朝吴大爷笑了笑说道：“吴大爷，您好。”

吴大爷拂了一下自己花白的胡子，笑呵呵地说：“好啊，年轻就是好啊。我孙子也有你这么大了。”又朝杨若依说道：“你母亲的身体怎么样啊？”

杨若依答道：“还是老样子。”

她买了一袋米，又和吴大爷聊了两句就告辞了。

从粮店出来，陈旭拎着米和杨若依又沿着来时的石板路原路返回，杨若依问陈旭：“刚才吴大爷夸你俊，你怎么还脸红呢？”

陈旭解释道：“现在哪有夸男的俊的，我又不是小白脸。”

杨若依笑道：“我说刚才吴大爷夸你的时候，你的脸怎么红了。”然后转过头来朝陈旭望去，突然捂着嘴笑了起来，陈旭见状，以为她在笑话他，就问道：“你说，我哪儿长得像小白脸呀？”

杨若依没有回答陈旭只是继续捂着嘴笑。

陈旭看她笑个不停，说道：“你还笑。你再笑我就生气了！”

杨若依怕他真的生气了，就强忍着笑说：“没有人说你是小白脸啊。”然后从包里拿出一面小镜子递给陈旭让他照，自个又捂着嘴笑了起来。

陈旭接过镜子一照，发现脸上有一大处黑灰，是他的手在吴大爷的粮杂店弄脏了，刚才擦汗的时候把灰抹到脸上了，把脸涂成了大花猫。他放下米伸出脏手要往杨若依的脸上抹，说道：“我把你的脸也抹黑了，看你还笑我。”

杨若依吓得边躲边求饶：“我不笑了。”说完用手捂着嘴，努力压抑自己笑的欲望。可没过几秒钟又哈哈大笑起来。

陈旭这下真的生气了，他伸出双手朝她脸上抹来，杨若依心想她这次在劫难逃了，可陈旭的手伸出到半空突然停住了，只听见他叫道：“我的手套怎么没了，一定是刚才弄丢了。”

让陈旭这么一提醒，杨若依也记起他是戴着手套出来的，她分析道：“一定是落在吴大爷那里了，我回去找找看。”

陈旭叫住了杨若依，让她看好东西，自己跑回去找，一阵子工夫，陈旭就拿着手套跑回来了。可能怕杨若依等着急，陈旭一路快跑，回来的时候已是满头大汗。回到杨若依家以后，杨若依的母亲看到他满头是汗，脸上还有点灰，连忙拿手巾让他擦。

吃过午饭闲来无事，陈旭和杨若依到镇上逛逛，不知不觉两人走到了太湖边上，是当年范蠡和西施泛舟的地方。

极目远眺太湖碧水辽阔、烟波渺渺、远帆点点、秀色无边，陈旭不禁感叹造物主之神奇，他拉着杨若依的手兴奋地向湖边走去，还没有走到近前，就闻到空气中有一股臭臭的味道，他朝湖边望去，湖水里充满了不明的微生物，稠的像一块绿色的油布。湖水携带着无数的垃圾拍打着岸边，先冲到岸上然后一阵浪过来，又把垃圾重新卷进了湖里反反复复，就像有些猫逮着老鼠后，并不急于吃掉它，而是先把老鼠放了，等到它跑出很远又跳着把它抓回，玩得乐此不彼。

提起太湖，人们的脑海中往往会勾勒出一幅烟波浩瀚、水天一色的湖光山水画卷，可真实的情况却离人们的想象相去甚远。这情景就好比人们提起自己的初恋，不管是满脸沧桑的老人，还是刚跨入婚姻殿堂的新人，往往都是一脸的陶醉和幸福之色，断然回忆不起初恋曾经带给他们的痛楚。

陈旭想起了前一段时间网上报道太湖蓝藻爆发的新闻，当时也没在意，没想到现实却这么的触目惊心。他联想到自己家乡那条承载着金陵人无数回忆和荣誉的秦淮河，如今也变成了一条臭水沟，不知不觉唱起歌来了：“太湖美，美就美在太湖水。水上有白帆呀 ，水下有红菱呀；如今的太湖呀，是个好地方啊，到处是蓝藻，遍地是垃圾啊……”

杨若依听见陈旭唱得似歌非歌，咯咯地笑了起来，说道：“你唱的是啥歌啊。”

陈旭没有回答杨若依，而是继续说道：“当初知道你家在太湖边，还想着有机会和你乘一叶小舟共游太湖，看来此心愿实现不了了。”

杨若依扑哧一笑，也和他开玩笑道：“我非典时买的口罩还没扔了，这下又可以派上用场了。”

陈旭到是一本正经地回答：“这倒也可以，只是我还打算等咱们划到湖中心的地方，我会突然吻你，不知道你戴着口罩接吻习不习惯?”

杨若依被陈旭滑稽的样子逗乐了：“就知道你没安好心。”

陈旭似乎想起来什么事，拉着杨若依的手说道：“你说说看，你小时候最大的心愿是什么啊？”

陈旭的话让杨若依想起了儿时，傍晚，在太阳快落山的时候，爸爸经常牵着她和妈妈的手到太湖边上的一个林荫道上散步的情景，就对陈旭说道：“我说了，你可不能笑啊。”

陈旭急切地答道：“你说你说，我保证不会笑。”

杨若依悠悠地讲述起来：“我小时候最大的心愿就是每天黄昏时分，能和自己心爱的人一起，在一条长长的林荫道上慢慢地散步，看夕阳西下。”

陈旭听完以后哈哈大笑起来。

杨若依有点生气了，跺着脚说道：“说好了不许笑的，早晓得就不告诉你了。”

陈旭停止了笑，他拉着杨若依的手对她说道：“我保证，只要你愿意，以后不管刮风下雨，我都会陪你出来散步的。”

杨若依听了陈旭的话，虽然明知他是故意让自己高兴，但是心里还是挺开心的。两个人顺着湖边铺满石头的小径慢慢地走着，杨若依忽然停了下来反问陈旭道：“我把小时候的心愿都告诉给你了，那你说说看，你小时候最大的心愿是什么啊？”

陈旭漫不经心地答道：“我可没你那么浪漫，当时最大的心愿就是能拥有一双好的篮球鞋。”

不需多久陈旭就忍受不了从湖面传来的怪味，赶紧拉着杨若依回去了。

陈旭一共在杨若依家待了五天，他努力控制着自己的行为举止，和杨若依的母亲相处的很愉快。过年的时候，他跟在杨若依的身后，挨个向她的长辈们拜年，亲戚们也直夸赞陈旭有礼貌，只不过陈旭没有想到她会有那么多的长辈，一天下来脸都笑僵了，陈旭没有抱怨，反而同情起他上大学时的校长，不知道他毕业典礼的时候是怎么撑下来的。

每次回来路上，陈旭都问杨若依自己的表现如何，杨若依告诉他母亲基本上满意。陈旭笑着说这已经是他发挥很好的一次了，高考都没有这么认真过！然后他又凑过脸来问杨妈妈对他还有什么不满意，杨若依只捂着嘴笑了笑不回答他，这反而激发起陈旭想知道的兴趣。他吓唬她说，如果她不告诉他，他就要亲她了。杨若依有了上次在火车上的经历，想着他是说到做到的人，就告诉他杨妈妈嫌他长得太瘦了，说完后自己又抿嘴笑了。陈旭假装气不过，难道这也是缺点，那以后得多吃点了。

回到滨城以后，陈旭又恢复了日复一日，不停工作的无聊生活，当然生活也仿佛一下了从遥远的古代直接进入信息时代，恢复了往昔的喧嚣和繁忙。

# 15

过完年陈旭以为天气能暖和起来，可没想到他们刚回来不久，滨城就下起了暴风雪。现在的天气啊，就如同女人的心情，说变就变，让人琢磨不透。

名曰暴风雪其实是暴风加小雪，这说起来也不可怕，可怕的是雪中还夹带着小雨，如果是在南方这倒也无所谓，可这种情况发生在东北，那么所有的地面都成了溜冰场。

这天早晨，陈旭刚迈出门，一阵风过来差点把他当作风筝直接吹到空中去，狂风卷着地上的垃圾，劈头盖脸地砸向路上的行人。平时马路上风驰电掣的汽车，今天也突然有了耐性，小心翼翼地沿着路面爬行，整个世界的节奏仿佛一下子变慢了许多。

陈旭连忙紧了紧衣服，躬下身体，步履维艰地向着公交车站走去。因为公司离车站还有一段距离，下车后陈旭还要步行一段时间。平时不到五分钟的路程，今天却花了多出一倍的时间。眼看快到门口了，突然脚底下一滑，身体失去平衡摔倒在地，本来路滑，陈旭已经很小心了，没想到快到公司门口了还是摔了一跤。因为没有防范，这一跤摔得挺重，陈旭在地上坐了好长时间才爬起来，他拍了拍身上的雪，向自己的摔倒的地方望去，原来覆盖了一层薄薄的雪，现在露出一块很光滑的大理石地面。

“难怪自己摔倒，”陈旭在心里骂道：“这铺路人的脑子一定进水了”，骂完以后才悻悻地走向公司。

恶劣的天气一共持续了两天，第三天，终于变晴朗了，可杨若依却病了。

周末陈旭打算到杨若依的宿舍去看她。吃过早饭，他先到超市买了些新鲜的水果，坐车来到了杨若依住的地方，虽然陈旭和杨若依约过无数次的会，但去她的宿舍还是第一次。每次陈旭找她，都是在宿舍的楼下等她下来。“我为什么不上楼找她呢?”这个问题陈旭自己也说不好，不知道为什么他从来就没有要上楼的念头，可能这种习惯是从大学的时候就养成了。

记得上大学的时候，女生宿舍对于当时的他们，绝对是个神秘而又向往的地方。学校出于管理的需要，女生宿舍一般都挂有“男生禁止入内”的牌子（当然这个规定是否合理，我们暂且不论）。曾有大学生感叹道：世界上最远的距离，不是生与死的距离，而是我站在女生宿舍门前却无法进入。当时要有哪个男生进过女生宿舍，那稀罕指数就如同在计算机系看见美女一样。陈旭如果要和夏雨欣见面的话，总是约好了在她们的楼下等，而他每次到她们楼下的时候，那里一般都会聚集了一大群和他一样等人的男生，每个男生都伸长脖子，像鹅的脖子被人提着似的朝女生宿舍里张望，期待着自己的心上人能早点出来。

临近毕业，陈旭也曾到过女生宿舍一次，那是因为毕业夏雨欣要走了，他上去帮她提行李。要说这女生宿舍也没有什么特殊之处，陈旭进去的时候，根本没有碰上网上流传的让人流鼻血的“艳景”，里面给他唯一的感觉就是比他们寝室干净一些，后来他发现那还是因为他们寝室太脏的缘故。

到了楼下，陈旭先发了个短信给杨若依，告诉她他到了，稍许陈旭没有收到她的回信就直接上楼去了。他来到杨若依住的楼层，用力敲了敲房门。过了一会儿，门“吱”的一声开了，一个陌生女孩探出了头，她高高的鼻梁，消瘦长方的脸上分布着还算精致的五官，一双大眼睛很警惕地注视着陈旭。陈旭被她盯得有点慌张，也不确定杨若依就一定住这儿，忙问道：“请问，杨若依是住这儿吗？”

那女孩看到陈旭，先是一惊，随即朝他一笑，露出一排雪白的牙齿，操着一口浓郁的东北口音说道：“你就是陈旭吧，快进来吧。”她把门推开，自己站在门的一边让陈旭进去。

陈旭探着身子进去了，一股香水和化妆品混合的香味迎面而来，这大概是女生寝室特有的味道吧。那女孩等陈旭进来，把门重新关上，然后自我介绍道：“我叫李曼，是杨若依的同学。大学时我们俩就住一个寝室。”

陈旭朝她笑了笑，说道：“你好。”然后朝客厅望了望，没有看见杨若依的身影，就问李曼：“杨若依出去了吗？”

李曼回答道：“没有，她还没起来。你在客厅里坐一下，我去叫醒她。”说完她就向杨若依的卧室走去。

陈旭连忙叫住了李曼：“没事，让她再睡一会吧，我就在客厅里等。”

李曼咯咯地笑了起来，说道：“没看出来，你这么体贴杨若依。好吧，你请坐在沙发上等一会吧，我也不管你了。我上午有事，刚才正愁没人照顾杨若依了。你来了，我就放心了，杨若依就托你照顾了。等她醒来的时候，你告诉她一声就行了。”然后穿上外套，拎着小包高高兴兴地走了。

李曼走了以后，屋里顿时安静下来。陈旭静静地坐在沙发上，好奇地打量着四周，客厅虽小但整理得干净而且有条理，沙发对面左边的位置有一面墙柜，上面摆放着各种精美的饰品，好像还有几个相框。陈旭好奇地站了起来，走到壁柜前，壁柜上边果然摆放着几张杨若依和李曼的照片，陈旭的目光停留在一张杨若依的照片上，她背靠着站在一棵大树下，脸上挂着淡淡的笑容。看景色，应该是深秋时节，地上落满了金黄色的树叶，像是给大地铺上了一层厚厚的地毯，夕阳的余晖从她侧面照射过来，静静地洒在她的身上，整张图片显得那么的秀美和宁静。

陈旭默默地看着照片，心里有一种说不出来的感觉。自从认识了杨若依，他的生活改变了许多，这种改变不仅仅是生活中多了另外一个人的轨迹，还包括他对待生活的态度。以前他总是以一种“愤青”的态度对待社会中那些不公平的事情，崇尚美国式的民主和自由，现在渐渐地学会了宽容和理性；以前他总是质疑生命的意义——认为人活百年，总有一死，不管你生前多么努力，多么功成名就，获得多大的荣誉，死后也不过是一把黄土。现在发现生命的意义在于积极地参与到生活当中，享受生活中的乐趣，只有这样生活才不会无聊，人生才不会虚度。

正当陈旭沉思遐想的时候，卧室的门“吱”的一声打开了，杨若依从卧室缓步出来，陈旭连忙把相框放下来，打招呼道："你起来了。"

杨若依显然没有想到陈旭会在客厅里，他突然一说话，吓了她一大跳，瞪大眼睛问陈旭道："你怎么会在这里啊？"

陈旭故意说道："我也不知道啊，刚才还在大街上溜达来着，怎么突然就到你这呢？"说完后还用手挠了下脑袋，摆出一副迷惑不解的表情。

杨若依看到陈旭一本正经地说谎，忍不住笑了起来，因为笑得突然，引得她剧烈地咳嗽起来。陈旭连忙上去扶住她，手在她后背上轻轻地拍打，抱怨她道："你看你病还没好，也不晓得照顾好自己。"

杨若依说道："这还不都是你害的！"然后又问道："李曼呢？"

陈旭回答道："刚才出去了，走得时候让我等你起来，告诉你一声。"

杨若依"哦"的一声，然后问他："你什么时候过来的？怎么也不告诉我一声。"

陈旭说道："我来的时候给你发短信了，可能你睡着了没有听见。对了，我还带了早餐，待会儿你吃点。"

陈旭陪杨若依吃过早饭后，就一直呆在她屋子里，午后他又陪着她去了一趟医院，直到天黑才回去。回到寝室没多久，陈旭就接到同事王斌的电话约他一起喝酒。王斌和陈旭同在一个项目组，关系不错，自从张朝洋跳槽以后，他们俩人经常在一起喝酒。王斌最近刚和女朋友分手，这几天心情很低落。陈旭的衣服刚脱下，现在又不得不把它重新穿上，匆匆忙忙出去了。

俩人在老地方见面，菜还没有上来就开始喝起酒来，王斌一句话还没说，一瓶酒已经喝完了，陈旭没劝他，只是默默地陪着他对饮。第二瓶酒喝到一半的时候，王斌突然放下酒杯说道："陈旭，你说我是不是太固执了?"

王斌的女朋友是她的老乡，俩人在大学的时候就开始谈恋爱，毕业的时候，他女朋友为他放弃了北京一家世界五百强企业的offer，和他一起来到滨城。最近女朋友的父母催他们尽快结婚，可是王斌家里很穷，根本买不起一套像样的房子，所以就不愿意现在结婚，说再过两年等他买得起房子。女方的父母一听急了，说再等两年他们的闺女都快三十了。他们告诉王斌今年一定要结婚，房子的钱他们可以付，可是王斌说啥也不同意，说房子一定得他自己买。最后老人妥协了，让他们就租个房子结婚，这样总该可以了吧，可王斌依然不同意，他对他们保证说再等两年，两年后他们一定结婚。可是他女朋友的父母反问他说如果两年之后你还买不起房子，那我闺女不是让你给耽误了。没有办法，王斌只能提出和女朋友分手。记得他说分手的时候，女朋友哭着问他："王斌，难道我们六年的感情还抵不上你那所谓男人的面子吗？"王斌没有回答她。在王斌的世界观里，这不是一个男人面子的问题，而是关系到一个男人尊严的问题。如果一个男子连给予心爱的人最基本生活保障的能力都没有，那他就不配拥有这份幸福。

这个问题陈旭也不好回答，还好王斌也没有追问下去。沉默了一会儿，王斌接着说道："我家在农村，而且在那个地方是外姓，所以总是受到别人的欺负和排挤。我妈又特别好强，处处都想和别人争个高低。记得小时候，如果我考试拿了第二名，回来就会挨我妈的打。从那时候起，我就告诉自己：一定要混出个人样来，决不让别人看扁自己。可是看看现在的我？"说完他直摇头，把剩下的半瓶酒一口气喝光了。

陈旭安慰他道："王斌，你也不用太气馁。人生没有过不去的坎，凡事想开点就好了。"

王斌耸了耸肩，自嘲地笑了笑道："我如果能想开一点就好了。有时候我自己也想过，凡事睁一只眼闭一只眼也就过去了，干嘛非跟自己过不去？可到最后还是妥协不了。人都说：‘性格决定命运’，我大概就是这个命吧。”

那晚王斌喝了很多酒，陈旭也没有劝他。细想起来酒真是个好东西，在西方，如果一个人有烦恼还有主可以诉说，而在中国，只剩酒可以相伴了，虽然酒最终不能解忧，但几杯落肚之后，所有苦闷和烦恼可以暂时忘却，让人可以享受片刻的解脱和轻松。

周一上班陈旭发现王斌没来，开始他也没怎么留意，以为王斌不过休息一下，没想到过了几天，王斌竟然辞职了，他开始没告诉任何人，倒颇有一番特立独行的风范。陈旭想，到底是“性格决定命运”，还是“命运决定性格”，这还真不好说。

# 16

现在陈旭的项目组已经发展到二十几人的规模了，算上王斌的离去，当初项目组刚成立时候就加入的成员现在已经陆陆续续走了差不多七八个人吧，陈旭现在被提拔为项目组长，被视为项目组的核心。其实这倒也不是因为他技术有多牛，只不过他对业务更了解一些，资历更老一些。

陈旭被提拔为项目组长后，主要负责协调和管理方面的工作，不再需要他编写代码了，但他依旧保持着对学习技术的巨大的热情，坚持要求自己每天写几百行代码。

在国内，技术好的程序员往往更容易得到提拔，但最终的结果是技术最好的程序员，一般都不能成为最好的项目经理。就好比技艺高超的球员，往往不能成为一位优秀的教练，因为那些天才的程序员常以自己的标准来要求其他人，自己能做到的要求别人也得做到，可有时候他们认为轻而易举的事对于别人来说却可能难于登天。

说起中国的程序员，就不得不提到求伯君。在陈旭还小的时候，就曾听说过他的大名，那个凭一己之力成功开发了国内第一套文字处理软件 WPS 的“大牛”。据说他编写代码的时候，曾把自己关在一个小黑屋里足不出户，困了就睡一会儿，饿了就吃方便面，就这样闭门修炼了一年多的时间。

终于有一天，小黑屋的门被推开了，一个蓬头垢面、满脸胡须、眼睛里布满了血丝的年轻人走了出来。他手里紧紧攥着一张 3. 5 英寸的软盘，虽然神情有点疲惫，内心强作镇静，但脸上还是流露出一股发自内心喜悦。他理了理那凌乱长发，仰天长啸道：“我终于成功了”。不用介绍大家也知道，此人就是提到他会让无数中国程序员热血沸腾的天才程序员求伯君，他手中的软盘里装的是让他日后声名鹊起，一举奠定他在中国程序员界地位的 WPS 的源码。

而作为这段历史的见证者之一——当时打扫卫生的阿姨后来回忆说，她走进房间的时候，一下子被屋子里的情景震撼住了，按理说阿姨打扫卫生也这么多年了，什么场面没见过。但是这一次，她是彻底惊呆了。当时的情景是这样的：那位阿姨吃过午饭后，高高兴兴地来到位于某小区二楼的一个房间前。她上午接到一个任务，让她去某个小区去打扫卫生，工钱是平时的两倍。她准时来到了这里，推门进去了。

扑面而来是一股方便面盒饭以及各种食物的味道。房间里很黑，只有一个不知道是什么东西的东西在房间的一侧一闪一闪地发出亮光。她摸索着走到窗户前，中间不知道碰倒多少东西。然后她拉开窗帘，一束很刺眼的阳光从窗户射进来，照着她睁不开眼睛。这位阿姨连忙用手挡住阳光，然后转过身来，看到令她一辈子都难忘的场景：不到二十平方米的房间里，除了一张床和一张桌子，其他地方都堆满吃完剩下的方便面盒和快餐盒，足有一米多高。

长江一浪推一浪，多少年过去了，很多人的名字已成烟云，但是求伯君这三个字却依然挂在程序员的嘴上，可以这么说，在当时中国的程序界，你可能不知道比尔·盖茨是谁，但是你绝对不会不知道求伯君这个人。求伯君已然成为中国程序界的一个传奇，成为广大程序员顶礼膜拜的偶像。

如果有人问你：“一个身体条件和你一样的人，看了迈克尔·乔丹的比赛，你认为他会去打球吗?”你当然会回答道：“当然不会了，那个人又不是傻子。人家乔丹可是‘飞人’，我们能跟人家比吗?”可事实是，世界上就有这样的傻子，不幸的是，陈旭就是其中的一个。所以说嘛，不能让一个小孩子随随便便看书，那样可能会误导他一生。

陈旭当初报考计算机系，就是受到了求伯君事迹的影响。他那时候特别崇拜程序员，觉得这是能够产生英雄的群体，就像武侠小说里行走江湖的大侠，历史中冲锋陷阵的将军，可以“振臂一挥，应者云集”。特别一想到自己写的程序可以被无数的人使用，而他们打开软件第一眼看见的就是自己名字的时候，陈旭就有了学习的动力。

可是工作以后陈旭才发现自己错了，或者说自己被“忽悠”了，现在的程序员中已经没有那么多的个人英雄主义，说得好听一点，陈旭是项目组的骨干，说得难听一点，陈旭就是项目组的一颗小小的螺丝钉，离了他项目组照常运转。

在当下的计算机行业有两种岗位最让人瞧不起：一是Web开发，二是外包。用一句流行语来说就是：“一点技术含量都没有”，就像拔牙，同样属于外科手术，但比其他外科手术，拔牙到最后往往沦为力量和耐心的较量。如果你身在其中，常会听到这样的对话：“你是干什么的?”答：“做Web开发的。”问：“哦，原来是做网站的。”一脸的不屑。还有一种情况就是，问：“你是干什么的?”答：“做对欧美项目的。”问：“哦，原来是做外包的。”同样一脸的不屑，陈旭现在的工作偏偏就是做对欧美项目的Web开发，其郁闷程度可想而知。

有时候静下心来，陈旭经常会想：按理说中国人不可谓不聪明，中国的程序员不可谓不勤奋，为什么中国的软件行业至今依然落后于世界？很多人都有这种疑问，要说中国软件业最大竞争对手是什么，不是外国的软件巨头，而是国内的盗版和垄断。

说起盗版，可能有人不以为然，可能认为盗版是好事，不仅方便了广大群众，还打击了国外的软件厂商，何乐而不为呢？可是真正的事实是什么？举个例子吧，假设你是个小职员，辛辛苦苦干了大半辈子，平时省吃俭用地攒下了一笔不小的存款，你把这笔钱都存在了一张银行卡内，按月去自动存款机取当月的生活费，可有个月再去取钱的时候，突然发现你卡里的余额全没有了！这是为什么呢？原来有人破解了你银行卡的密码，然后又复制了一张一模一样的银行卡，把剩下来的余额全部取光了。没有办法，你只好报警，可得到的答复是他们管不了。这时候你该怎么办？可能是欲哭无泪，唯一能做得就是以后永远也不用银行卡了。这就是中国为什么能出求伯君这样的编程高手，而不会产生比尔·盖茨那样的商业巨擘的真正原因。

有人会说，那盗版可以理解，为什么说垄断是阻碍软件业发展的原因呢？举个房地产的例子说明一下。政府要出售一块土地，有实力的承包商把这块土地接了下来，然后转手就承包给了有实力的开发商，开发商要降低成本，就把工程中的各个流程承包给实力稍差的开发商，最后这些开发商又把具体的任务分给了当地的包工头，而包工头就招募一些当地的农民工给他们造房子。流程中的每个角色想得都是如何赚更多的钱，而根本不考虑技术积累。软件行业和房地产业唯一的区别可能就是透明度更低一点，这也是现在称呼程序员为“IT民工”的原因。

本来项目的人员就很紧缺，王斌现在又离开了，加上没有新人补进，项目组的压力更大了，而部门最近进行什么软件过程改善的活动，要求项目组所有的活动必须严格遵守部门制定的流程，更加大了工作量，最近陈旭几乎没有九点之前回去过。

这个周末，部门请客吃饭。周五的时候，项目经理发邮件给大家说：“考虑近来加班较多，大家比较辛苦，在部门的活动经费不是很宽裕的情况下，领导还是特意批准请大家吃饭，犒劳一下。”其实工作辛苦并不是请吃饭的主要原因，主要原因是项目进入困难期，大家情绪比较低落，急需提高一下士气。

前天晚上睡得晚，周六的早晨，陈旭接近中午的时候才起来。他简单吃了一个面包，就坐在沙发上看电视，为了晚上那顿大餐，中午饭也没有吃。下午洗了几件衣服，又玩了会电脑游戏，终于挨到晚上了，差不多快到时间的时候，陈旭穿上衣服后下楼了。

陈旭上了车才发现自己没带钱包，原来下午他把衣服洗了，出来的时候忘记带了钱包。他向司机解释，希望她能通融一下。那司机是个中年妇女，陈旭以为能好说话，没想到她却一口回绝，说上面有规定，让他等下一辆车。陈旭看见车上的人都用一种异样的眼光盯着自己，也不好意思再开口求情了，他实在是丢不起那个人，只好下车了。

陈旭不愿意再回住所取钱，还好吃饭的地方离车站并不远，他索性就走着去。等他到饭店的时候，同事们差不多都到齐了，正围着饭桌有说有笑，陈旭忙找个空的位置坐下了。

预计开饭的时间已经过了，但饭菜却还有上来，陈旭饿得肚子“咕咕”直叫，他小声问身边的同事为什么还不开始，得到的答复是大领导还没来。陈旭又问是哪个大领导，得到的答复是，大领导还能是谁，当然是部门的总经理了。

又等了五六分钟，同事口中的“大领导”终于到了。他一边向这边走来，一边打电话道：“好好好，知道了，到时候再联系。”那样子似乎比国家总理还忙。

看到部门领导过来了，项目经理连忙迎了上去，说道：“欢迎部门领导莅临指导，大家鼓掌欢迎。”

在大家的掌声中，部门领导闪亮登场。他抱拳向大家道歉道：“不好意思，让大家久等了。可是公务缠身，实在是脱不开身，耽误大家吃饭了。”在项目经理的簇拥下，在屋里最显眼的地方坐下了。

部门领导落座了，项目经理拿起了麦克风道：“首先，感谢部门领导能够在百忙之中抽出时间来参加我们项目组的活动，这说明部门领导对我们的项目很重视，大家一定要再接再厉，不要辜负领导对我们的期望，让我们以热烈的掌声欢迎部门领导给我们讲话，大家鼓掌欢迎。”

在大家又一次的热烈掌声中，部门领导开口讲话了：“很高兴能参加你们项目组的活动。在过去的两年里，你们项目组一直表现不错，客户对你们的工作也很满意，希望大家能够一如既往地把自己的工作做好，争取在新的一年里再创佳绩。我在此谢谢大家了。”一阵热烈的掌声过后，部门领导接着说：“我就说这么多了，大家可以尽情地吃了。”然后是一阵更热烈的掌声。

陈旭以为终于可以吃饭了，正待拿筷子夹菜，可是四顾左右，却发现其他人都没有起动的意思，待仔细观察了一下，才晓得领导们都还没有拿筷子，这才明白过来为什么刚才进来的时候这桌人这么少，看到其他桌的人吃得热火朝天，陈旭真后悔自己来得太晚了。

一直等到其他桌的同事都快吃完的时候，部门领导还在那儿侃侃而谈，丝毫没有停下来的意思，陈旭已经饿得两眼冒金花了，但是还得强打精神听下去。他纳闷平时领导和他们遇见的时候，一般连一句话都没有，现在哪来那么多的话，讲了差不多快半个钟头的时间，领导才说他今天有点事，让他们慢慢吃，然后就走了。

陈旭心里想，难怪领导讲的那么多，原来他是吃过了才来。等到部门领导走了以后，大伙也和陈旭一样，估计早就饿坏了，不顾吃相地狼吞虎咽起来，虽然吃得比较晚，而且还和别人争着吃，但那天是陈旭吃得最快乐的一顿饭。

周一上班，又恢复了平时的忙碌。也不知道客户哪来的那么多需求，一期接着一期，而且规模一期比一期大，似乎永远也做不完。这次工期很紧，陈旭他们项目组又得加班了。真搞不懂客户是怎么做规划的，难道他们真的是屁股决定脑袋？程序员的工作真的很累，忙的时候连上厕所的时间都没有，陈旭也经常自嘲：“黑夜给了我黑色的眼睛，我却用它来熬夜”。自从加班以后，他早出晚归，已经快一个星期没和杨若依见面了。

虽然现在已经忙到没有多余的时间去思考其他的问题，但是王斌的话还是经常浮现在陈旭的脑海里，其实想起来，王斌说得也有一定道理，他的困境可能是陈旭即将面对的，如果他是王斌的话，那么他又该做何抉择？陈旭真的不敢去想。

# 17

接下来一个月的时间，陈旭都是在加班中度过的。

周五加班后，陈旭脑子里昏沉沉的，因为第二天是周六，不需要早起，陈旭于是决定走回去。夜很静，四周透着一种幽深的凉，像深山里的泉水，微风拂动的时候，那水就在身边潺潺而流。道路上也没有行人，只是偶尔会有一辆汽车呼啸而过，打破夜的寂静。陈旭顺着街道走着，只听见自己的脚步声一前一后交替响着，昏暗的灯光将他的影子拉得很长。陈旭走到了一处昏暗的角落里，那里并排放着几辆堆满垃圾的垃圾车，陈旭不禁加快了脚步想快速经过。突然，从黑暗中窜出一个东西，吓陈旭一跳，定睛一看是只野猫，它刚才似乎正在垃圾车上找寻东西，可能被陈旭吓着了，此时正跳下车向马路对面跑去。陈旭也没理会它，继续向前走。陈旭听见身后传来一声很沉闷的声音，看见一辆大卡车从他身边飞驰而过，他回望了一眼，发现刚才那只猫已经直挺挺地躺在马路中央，全身控制不住地痉挛，四周流了一大滩的血，面孔因为疼痛而痛苦地抽搐着，在昏黄的街灯的映射下，更显得狰狞。陈旭不敢继续看下去，于是加快了脚步，走着走着又跑了起来，最后变成了百米冲刺。

回到了家里，陈旭躺在床上想睡觉，但刚才发生的那一幕却在他的脑海里一次又一次重现，他用被子盖住头，强迫自己想其他事，但是它就像水面上的浮标，你越是用力想把它按到水里，它越是容易挣脱你的手重新浮出水面。

第二天，陈旭很早就醒了，可是眼睛却睁不开。他在床上翻过来覆过去，怎么睡也不舒服，直到中午才起床。他照了照镜子，发现两眼通红，脑子里也迷迷糊糊的，突然记起下午还要陪杨若依去书店买书，赶忙收拾一下，出去吃午饭了。

陈旭赶到书店的时候，杨若依已经在那里等候多时了，她抱怨他怎么来得这么晚，陈旭解释说路上堵车，杨若依也没多说什么，上前挽住陈旭的胳膊一起进入书店。

逛了一会儿，杨若依看到陈旭无精打采，询问他今天怎么了。陈旭回答说他昨天没睡好，所以今天有点困，他想先蹲一会儿，让她挑好了再来喊他，杨若依看到陈旭的眼皮直打架，自己也没有决定下来买什么就同意了。

陈旭找到一个无人的角落坐下后，背靠着书架打起盹来，不一会儿，就迷迷糊糊睡着了。他梦见和杨若依正在河边散步，突然脚一滑掉水里去了，奋力地挣扎，可是根本无济于事，只感觉胸口越来越透不过气，身子也越来越无力。此时他脑袋里一片空白，只听见杨若依在岸上大喊救命，可是那声音仿佛来自另一个时空，虚无飘渺如同梦境一般。当他的意识要完全消失的时候，陈旭感觉他好像被什么人救起，还听见那个人的呼喊声："快醒醒，快醒醒……"

陈旭睁开眼睛一看，发现眼前站着一个二十来岁的年轻人，正焦虑地看见自己。当他看到自己醒来的时候，表情也从焦虑转成欣喜，说道："先生，你没事吧？"陈旭此时意识还不清醒，脑袋疼的像要裂开一样。他向四周望了望，这才明白他在书店睡着了，于是挣扎着起来，朝那个服务生笑了笑，说道："我没事，谢谢你。"

杨若依已经挑好了书，走了过来，她笑着对陈旭说道："就一小会儿，你怎么睡着了！"陈旭整理了一下衣服，尴尬地笑了笑，回答道："我也不知道，可能是太困吧，迷迷糊糊就睡着了。"

本来陈旭和杨若依计划买完书以后去看电影，可是杨若依看到陈旭精神状态不太好，就让他回去休息，电影明天再看。陈旭看自己实在是困的不行了，就同意了。他本打算送杨若依回去，但被她拒绝了，杨若依说她还有点事，让他自己先回去。

回到家里，陈旭衣服也没有脱，直接躺到床上睡了起来。

也不知睡了多长时间，陈旭被一阵急促的手机铃声吵醒了。睡得正香被吵醒，心里很烦，于是就把被子一掀包住了，想等待铃声自己停止，可是那铃声好像故意和他作对似的，锲而不舍地响个不停。陈旭挣扎了一会儿，很不情愿地起来，从衣服口袋里掏出手机，当手机被掏出来的时候，它似乎知道自己胜利了，叫得更欢了。陈旭打开手机一看是李曼，心里嘀咕道："她怎么会给自己打电话呢？"按下了接听键听见从手机里传来李曼急促的声音："陈旭吗，你怎么到现在才接听电话，杨若依她出车祸了！"

陈旭脑子里"嗡"的一声，差点昏厥过去，半晌才回过神来，他努力控制自己的情绪，让李曼把事情说明白一点。李曼说她刚才正在洗头，接到一个陌生男子的电话，说杨若依给被车撞了，现在在医院，让她赶快过去。陈旭在电话这头焦急万分，李曼却在那里讲这些无关紧要的事情，他粗鲁地打断李曼的话，着急地问道她杨若依现在怎么样，李曼也不知道，只让陈旭过去和她一起去医院看杨若依。

陈旭这下彻底清醒了，急忙穿衣服，不知道因为着急还是紧张，裤子怎么穿都穿不进去，差一点把自己绊倒。陈旭坐回床上，深深地吸了口气，告诉自己杨若依一定不会有事的，努力让情绪平静下来，这才把裤子穿好。

他在路上拦了一辆出租车，直奔杨若依的宿舍，天色已晚，街道两旁也已经亮起了路灯，在杨若依住的小区前，陈旭远远地就看见李曼在路边焦急地等待自己，就让司机师傅把车开过去。

李曼上车以后，头发还湿漉漉的，不停地往下滴水，头发四周的衣服已经被浸湿了。她顾不上抹去头发上的水珠，不停地安慰陈旭说没事的。一路上，陈旭心烦意乱，用手捂住脸，身体控制不住地颤抖。快到医院的时候，他突然抬起来，嘴里喃喃地说道："不会有事的……一定不会有事的……"

出租车刚停下，陈旭就抛下李曼自己一个人冲了进去，李曼付了钱，在他后面紧紧跟着。走着走着，李曼突然看见陈旭又返了回来，不知道出了什么事，一问才知道陈旭慌张之下根本没问杨若依在哪个病房。李曼让他不要慌，说杨若依肯定会没事的。陈旭知道着急也没有用，就和她一起去找杨若依的病房。真到了门口，陈旭却不敢进去了。他让李曼先进去，自己却在门外等着。

过了一会儿，李曼出来了。陈旭急忙扑上去问她杨若依怎么样呢？李曼哭丧着脸，没有回答他。“难道她真的出事了？”陈旭悲痛欲绝。他放开李曼，颤巍巍地推开了门，却发现杨若依正躺在床上朝他笑。

这是怎么回事呢？原来李曼进去以后，发现杨若依并无大碍，把陈旭被吓得不敢进来的事告诉了她。杨若依就和她商量着，让她出去后装出很痛苦的样子，看看陈旭有什么反应。她们本来想和陈旭开个玩笑，却差点把他吓个半死。

陈旭看到杨若依没事，一直悬着的心这才落了地。此时杨若依正躺在床上，腿上打着石膏，但是她表情却很轻松，一脸微笑，这让陈旭一时搞不清楚她伤的是否严重。他上前拉着她的手，询问她的伤势以及车祸的经过。

杨若依的伤情并不是很严重，左腿轻微性骨折，属于闭合性的，不需要手术治疗。下午她和陈旭分手后，自己一个人到同学家取东西。她本打算拿了东西直接就回，可到了同学家发现时间还早，她们就聊起了天，这一聊就是一下午还和同学一起吃了晚饭。在回家的路上，一辆车朝她冲了过来，当时她正背对它，并没有注意身后的情况，等她回头看见它的时候，汽车已经快到她身前了。她本能地往路边退，被路边高出来的路面绊倒了。因为是应急反应，根本没有注意脚下，加上用力过猛，所以摔得很重，手机也摔坏了。那位车主还算善良，没有丢下杨若依不管，他先问杨若依伤势如何，然后把她扶上车送到医院。在确定杨若依并无大碍后，车主对杨若依说已经把钱交了，因为还有急事，所以得先走，并保证办完事以后一定会回来看她。他让杨若依把她的姓名和熟人的电话号码告诉他，杨若依犹豫了一下，就把自己的名字和李曼的电话告诉了他。那位车主就打电话给李曼，告诉她杨若依出车祸了，让她来医院照顾，然后就走了。

因为自己的伤得不重，而且陈旭也来了，杨若依就让李曼先回去。等到李曼离开病房后，陈旭埋怨杨若依说她为什么没有在第一时间通知他，杨若依看到陈旭难过的样子，就解释说她一开始也不知道自己伤得是否严重，不想让陈旭担惊受怕，所以没有在第一时间通知他。经历昨天晚上的惊吓和今天下午的折腾后，陈旭的精神已经到了崩溃的边缘，他俯下身来紧紧握住杨若依的手，哽咽地说道："你这是什么逻辑啊，你知不知道我刚才看到李曼的表情，我还以为……"然后他把头伏在杨若依的身上，眼泪扑簌簌流了下来，最后竟忍不住啜泣起来。

杨若依没想到陈旭会失声痛哭，一时也不知道如何安慰他。她用手轻轻抚摸着陈旭的头发，像个慈祥的母亲抚摸着自己受惊的孩子。

过了一会儿，陈旭停止了哭泣，他抬起头发现屋里其他人都在盯着他看，自己不好意思地笑笑。他看了一眼杨若依受伤的左腿，轻轻对杨若依说道：“腿现在还疼不疼？”

杨若依笑道：“一点也不疼。”

陈旭指着她打着石膏的腿，有点生气地说道：“这是假腿吗？伤得这么重，怎么能不疼？你又不跟我说实话。”

杨若依默默地看着陈旭，她发现陈旭有时候很稳重，有时候又表现得像个小孩子似的。“难道是因为他太爱自己吗？”想到这里，杨若依心里涌起一丝暖流。她幽幽地说道：“我真的没事，医生说就是轻微的骨折，休息一段时间就好了。”

陈旭这时像突然想起来什么似的说道：“对了，把你撞倒了的人现在在哪里？”

杨若依答道：“他说他今天有事，先走了。等到事情办完了以后就回来。”

陈旭听了以后，怒道：“竟然还有这样的人，撞了人竟然还说有事先走了。见了面，我一定教训教训他！”

杨若依看到陈旭怒不可遏的样子，心里很不安，怕他和别人起冲突，就解释道：“这也不能全怪别人，我自己也有一定的责任。你也不要太生气了，报纸和新闻上不是经常报道肇事司机逃跑的事吗？人家做的已经很不错了。”说完她还是不放心，就赶紧让陈旭先回去。

陈旭本想和杨若依理论一番，但是看到她疲惫的样子，也就算了，此时外面已经很晚了，医院有护士可以照顾她，而且他明天还得上班，所以就先走了，他告诉杨若依他明天会来看她的。

一周后，杨若依可以出院了。陈旭吃过早饭就来到了医院，当他走到医院门口的时候，看见一个身体有点发福的中年男子，戴着一个很时髦的墨镜，手里拿着一大束深红色的康乃馨，正从一辆宝马车中出来。他整理了一下衣服走进了医院。

陈旭看到花，心想今天杨若依出院，自己也应该买束花送给她庆祝一下。他又折身到附近找了一家花店，买了一大束玫瑰，欢欢喜喜地走近了医院。

当他走进杨若依的病房时，发现她已经整理好了，正坐在床沿边等他了。他上前把花送给她，并祝贺她出院了。杨若依笑着说这又不是什么大事，没有必要买这么一大束花。她现在还不能正常行走，需要拄着拐杖，陈旭就帮她站起来，小心地搀扶着她出去。在他上前扶她的时候，他发现杨若依床前摆放着一大束康乃馨，他看着挺眼熟，可陈旭转念一想，这是送给杨若依旁边病人的，他想这些干啥。

# 18

杨若依的伤恢复得很快，一个月后她已经可以正常走路了。

小时候陈旭家楼下有一棵大大的梧桐树，他无聊的时候，就经常趴在窗户边，看那棵树在春天里抽出嫩芽，在秋天里落叶纷纷。日子就在这年复一年的轮回中慢慢地逝去，就像陈旭家楼下的大树，今年更胜去年绿，可惜年轮在不经意间又多了一圈。“年年岁岁花相似，岁岁年年人不同”，谁也改变不了四季的更替、岁月的流逝。

转眼又是一个五一，但今年的节日还有点特殊之处，从明年开始，五一长假从原来的七天改成三天了。

本来陈旭去年就答应杨若依今年五一陪她去北京爬长城的，而且他自己也特别的想去，但杨若依的脚虽然可以正常走路了，但是还不能太受力，所以只能放弃了。陈旭对杨若依说，这个时候全国各地到处是人，而且今年是最后一个五一长假，估计人会更多的，还是待在家里舒服。看到杨若依过意不去的表情，他又套用巴菲特的话来安慰她：在别人都出去的时候学会待在家里。

五一的早晨，阳光明媚，换句很俗套的词语描述就是：天公作美。全国各地都喜气洋洋、欢歌载舞，全世界的劳动人民都在欢度自己的节日，连鸟儿也在枝头欢快地唱着流行歌曲："我是一只小小小小鸟，想要飞呀飞却飞也飞不高……"

而此时陈旭正蒙头躺在床上，和周公在梦里睡而论道。睡得正香的时候，陈旭突然被一阵悠扬的电话铃声吵醒了，很无奈地从床上爬起来，睡眼惺忪地从衣服中掏出手机，心里正发火是谁打来的电话，一看是杨若依。她打算今天逛街，让陈旭作陪，约他老地方见，让他尽快赶去。本来陈旭还想再睡会，可杨若依的话就是圣旨，他只能起来，嘴里嘟嘟道：怎么女人对逛街有这么大的兴趣呢？

出来以后，迎着拂面而来凉爽的春风，陈旭顿时感到神清气爽。他快步地向马路走去，小区的健身区内，几个老头在那儿伸胳膊压腿做锻炼，前面不远处的一个广场上，一群老太太还在那儿尽情地扭着秧歌，陈旭看不出五一和平时有什么区别。

来到杨若依小区路口的时候，她已经在那儿等候多时了，两个人上了公交车。车子驶到市中心，陈旭才逐渐感受到了节日的气氛。街道两旁张灯结彩，道路上行人络绎不绝，空气中都透着一丝喜庆的味道。但是车内的气味却不怎么好闻，汗味、化妆品以及各种奇怪的味道不绝于鼻，车上很拥挤，陈旭就像寒风中一棵小草，被上下车的人挤得东倒西歪的。

公交车在市区内平稳地行驶着。突然，乘客的目光都被车外什么东西给吸引了，大家纷纷把头靠近窗口向外面看去，陈旭和杨若依也向窗外看去。外面原来是一队婚车正路过，头车是一辆白色的加长林肯，车身大概有十米多长，车头上盖满了鲜花，白色修长的车身，配上红色的鲜花，显得雍容华贵而又不失喜庆，六辆清一色的宝马紧随其后，显得更加的气派。

陈旭没有到过国外，不知道其他国家的婚礼是什么情景，但是国内的婚礼确实让人匪夷所思。都说中国受儒家文化和佛教思想影响甚深，个人应该谦卑才对，但在结婚这事上国人却表现得如同一只只开屏的孔雀，竞相比较谁的尾屏最漂亮，却不知在展现美丽羽毛的同时，也把屁股朝向了众人。

陈旭和杨若依到了商场以后，发现里面已经人山人海，人们正在疯狂购物。估计这样的场景让初来中国的老外看见，会以为中国发生危机了。看到这么多人，陈旭的眉毛不禁皱了起来，他拉着杨若依想往外面走，杨若依却说既然来了，不逛怪可惜的。陈旭不明白杨若依所说的可惜是什么意思，只能硬着头皮跟在她后面，看着她伸长脖子，和其他的人一样，削尖了脑袋往人群中钻，争先恐后地挑选着那些打折的商品，像“打游击”似的，从一个摊位辗转到另一个。

中午他们就在商场中的一家快餐店简单吃了点东西，下午继续逛。一个上午陈旭也搞不明白杨若依到底想买些啥，他实在忍不住，就问到她。没想到杨若依的回答却是，她也不知道，看好了就买呗。陈旭一听头就大了，看来杨若依非得逛到累才会停止，而且就算她累了，继不继续逛还得打一个问号。看到杨若依兴趣依旧不减，陈旭知道等待她逛完和等待中国股市的牛市一样，将会是一个漫长而又痛苦的过程。

一直到天黑离开的时候，杨若依还意犹未尽，因为还有那么多的地方没有逛到，陈旭庆幸他们是在滨城，如果是在义乌的话，等逛完小商品城内所有的店铺，估计可以直接过国庆了。还好到了吃晚饭的时间了，陈旭终于可以找个地方歇歇脚，补充一下体力。

他们在附近找了一家饭店坐下后，陈旭对杨若依说道：“实在是太可惜了。”

杨若依被陈旭的话弄得一头雾水，不解地问道：“什么太可惜呢？”

陈旭笑道：“凭你的耐力，如果当初去练中长跑的话，说不定现在已经成为中国第二个王军霞。你说是不是可惜了。”

杨若依知道陈旭今天走了那么长的路，心中不快，她把他的手牵过来，放在手心摩挲着说道：“都是我不好，让你陪我逛了这么久的街。”

陈旭笑道：“我没事，就是累着了。现在体力大不如从前了，看来以后还得多锻炼啊。”

陈旭真是饿坏了，菜一上来也顾不上吃相，端起碗就开始吃起来，几盘菜，一眨眼的工夫就吃完了。一旁的杨若依看得目瞪口呆，她没有想到，一个刚才还说疲惫到极点的人，吃起东西来动作之快，吞咽之迅速，简直让人叹为观止，这也让她见识到了什么叫“饿虎扑食”。

吃完晚饭后，陈旭送杨若依回去。两人快到车站的时候，一辆公交车正好也到站了，就跑了起来。突然杨若依哎呀大叫一声后站住了，陈旭大吃一惊，赶忙问她发生了什么事，杨若依蹲下身检查了一下说："我的鞋跟好像断了。"原来因为刚才跑得急，她也没注意脚下，鞋跟正好踩到下水井盖上卡住了，她一用力，就把鞋跟给折断了。陈旭俯下身看了一下，关切地问道："鞋跟是断了，你的脚没崴到吧?"杨若依答道："脚倒是没事。就是这鞋刚买没多久，现在鞋跟断了，挺可惜的。"陈旭安慰道："一双鞋而已，有时间陪你再买一双。还好你脚没崴着，不然就没法上班了。"杨若依道："是啊，不过想起来还是挺可惜的。"

现在杨若依没有办法走路，他们就拦了一辆出租车回去了。到了杨若依住的小区，他们俩下了车。因为这儿离她住的楼还有一段距离，杨若依急道："这下该怎么办，这么冷的天，我又不能光着脚回去啊。"

陈旭笑道："没事，我可以背着你走啊。"

杨若依难为情地道："这要是被熟人看到，那多么不好意思啊。"

陈旭劝道："怕什么啊，天这么黑，没有人会看见的。况且我们又没做什么违法的事情，就算被别人看见了也没什么。"

杨若依还是不答应。她觉着这样终究不太好意思，可是在陈旭的再三劝说下，而且也没什么好办法，最终还是让他背了自己。

走了一会儿，杨若依关心地问道：“你休息一下再走吧。我这么重，别把你给累着了。”

陈旭笑道：“我这是‘猪八戒背媳妇——舍得花力气’。说真的，你别看我瘦，可是力量并不比别人差。再说你一点也不重。”说完后觉得这个比喻似乎有点不妥，自个又笑了。

杨若依开玩笑道：“我看你就是瘦了点，模样长得还挺像猪八戒的。”

陈旭笑道：“我要真是猪八戒了，估计你就看不上我了。”

杨若依笑道：“如果你是猪八戒，那我就是猪八戒夫人。”

听了杨若依的回答，陈旭心里一阵得意，他接着问道：“那我们什么时候结婚啊？”

杨若依听了咯咯笑了起来，说道：“谁说要和你结婚了。”

此时他们走到一个路灯下，陈旭看到前面有一个人向他们走来，突发奇想想吓杨若依一下，就对她说道：“你看，前面那个人是不是李曼啊？”

杨若依向前看了看，因为有点紧张，加上灯光又太暗，也没有看清是谁，还以为真的是李曼了。她急忙要下来，没想到身体却被陈旭攥着更紧了，那脚步声慢慢地接近了，杨若依紧张得心脏都快窒息了。没有办法，她只能把头伏在陈旭的背上，期待李曼不要发现她。时间仿佛停滞一般，过了好久，杨若依才听见那脚步声慢慢地走远了，一直悬着的心这才放下来。她对陈旭说道："还好没被她发现，刚才吓死我了。"她的两个脸颊热热的，如同火烤一般。

而此时陈旭却笑个不停，差一点松手把杨若依摔了下来，后来实在是笑得不行了，就把她放了下来。

杨若依看到陈旭大笑，觉得挺诧异，后来才意识到他是在搞恶作剧，想到自己刚才的表现，杨若依便更觉得不好意思，脸也变得更红了。她一气之下，丢下陈旭，自己一瘸一拐走了。陈旭看到她真的生气了，也顾不来自己还没笑完，赶忙追了了上去。在他的百般认错下，杨若依方才转怒为喜，可是再也不让陈旭背她了。陈旭只能搀扶着她，把她送回了住处。

第二天，为了表示诚意，陈旭陪杨若依上街买鞋。商场还在搞促销活动，买一百送一百购物券。一开始他们还挺高兴的，俩人楼上楼下逛着挑选东西。可是半个小时下来，手里的东西多了，而没用完的购物券也越来越多。最后他俩每到一处，首先问一下这里是否送购物券，如果送的话，俩人立马换地方。就这样，等最后他俩出来的时候，钱包空了，手里还剩下好几张购物券没有用完了。

回去的路上，杨若依懊恼地说："本来就想买双皮鞋，没想到最后钱都用光了。"

陈旭安慰道："挣钱不就是用来花的吗？再说不是买了很多东西嘛。"

杨若依说道："昨天已经买了很多的东西，今天又买了这么多。这个月我又超支了。看来下个月只能吃面条了。"

正说着，他们来到了一个火车道前面。本来这条道路是很平坦的，被火车道拦腰截成两段，中间的地方就变得坑坑洼洼，前面有一对白发苍苍的夫妻，应该都到了古稀之年，妻子可能腿脚不便，正坐在轮椅上，由丈夫推着出来散步。当他们来到了火车道前，因为道路不平，轮椅过不去。那位丈夫就脱下自己的外套，把它铺在地上，搀扶着他的妻子起来，小心翼翼地把她挪到他的衣服上坐下。然后他把轮椅推到火车道的对面，自己又折了回来，帮助他的妻子站起来，搀扶着她慢慢地走过火车道。正值夕阳西下，微风轻轻的拂过，吹得街道两旁的梧桐叶沙沙作响，橘黄色的霞光透过叶子的间隙，温柔地撒落在他们身上，晶莹而斑驳，整个场景像是一个浪漫电影里某个温馨的片段。

此情此景让杨若依内心涌起一丝暖流，她把头偎依在陈旭的肩膀上，轻声地说道：“如果我们也老了，会变成什么样子？”

陈旭笑了笑，对她说道：“变成老头老太太，就和前面的一样。”

杨若依把头抬起来，恋恋地望着陈旭道：“如果那一天我也像那位老奶奶一样不能走了，你也会像那位老爷爷一样照顾我吗？”

陈旭伸手把杨若依搂到自己的怀里说道：“当然会了，但问题的关键是，你得先同意嫁给我。”

杨若依看到自己本想闲聊，他倒扯到别的话题上去了，说道：“讨厌，人家和你说正经事，你怎么扯到别的话题上去了。”

陈旭也学着杨若依的语调，嘻笑道：“人家和你说的也是正经事。”

陈旭滑稽的样子让杨若依忍俊不禁，但是她转念一想，自己的笑实际上是默认了陈旭的行为，以后他可能不和她正经说话了，但是她又控制不住自己的情绪，一气之下，挣脱了陈旭的胳膊，悻悻地走了，留下陈旭一个人在后面哈哈大笑。

# 19

20 岁到 30 岁这个时间段，对于男人来说，是一个极其尴尬的时期。这段时间，男人一般心智还未完全成熟，事业也才刚刚起步，却要承担人生中最重要的娶妻生子的重任。

陈旭和杨若依打算明年结婚，本来这应该是件高兴的事，可是陈旭却为这事整天愁眉苦脸、寝食难安，他为什么苦恼呢？还不是因为房子。

一提到房子，陈旭就很气愤。在中国，有钱的人可以买很多房子，他们就像炒股票一样，把房价哄抬得越来越高，然后再以高价转卖，赚取差额。年轻人要结婚必须买房子，没有办法，只能随行就市，房子成为中国未婚男子心中永远的痛。由此还诞生了有“中国特色”的炒房团。炒房团就像古罗马的兵团，到处攻城掠地，战无不胜攻无不克，所到之处怨声载道、哀鸿遍野。陈旭曾经计算过，按照自己现在的工资水平，不吃不喝需要 5 年才能够攒够首付的钱，可自己怎能不吃不喝？那么这个期限还得加上根据消费水平折算成的时间。

抱怨归抱怨，房子终归要买的，总不能在大街上结婚吧？就算杨若依愿意，陈旭还不答应了。怎么办？王铁人说过一句话：有条件要上，没有条件创造条件也要上。当时他说这句话时，可能就是一时的冲动，但人家毕竟是铁人，咱们都是平常老百姓，犯不着跟自己过不去。年轻人就是经受不住蛊惑，陈旭思考再三，最终还是请求父母援助。

十一国庆的时候，陈旭抽空回了趟家。父母见他回来，起初很惊讶，关切地问他是不是出了什么事。也难怪父母吃惊，陈旭自从工作以后，除了春节以外，其他时间都没有回过家。陈旭笑着对他们说，没出什么事，就是突然想家了，回来看看。没想到他随口胡诌的一句话竟说得陈旭妈热泪盈眶，她一边揩着眼泪，一边说道儿子懂事了。

陈旭已经在家里待了两天，还没有下定决心向父母开口，嘴巴仿佛突然间生锈似的，再也不听他使唤。说起来这也不是什么羞于开口的事情，可陈旭就像在异性同事家上厕所时发现手纸没了一样，进退两难。眼看着假期快结束，急得他如同热锅上的蚂蚁。陈旭想，如果自己再不和父母说的话，恐怕就要憋成便秘了。

陈旭妈发觉陈旭回来后心事重重，似乎有什么话要说。一天晚上吃饭的时候，她对魂不守舍的陈旭说道：“儿子，这几天看你心不在焉的，是不是有什么心事啊？”

陈旭看这件事实在是拖不下去了，就对他母亲说道：“我和杨若依打算明年结婚。”

听到他要结婚，陈旭妈一下子兴奋起来。她眉开眼笑地说道：“是吗？这是好事啊，那我怎么看你这几天一直愁眉苦脸的啊？”

陈旭用筷子拨弄着碗里的米饭，勉强挤出一丝笑容，说道：“是好事，可是……”，他吞吞吐吐地说着，期望父母能够主动提出来。

陈旭爸看儿子垂头丧气的样子，对陈旭说道：“有什么事你就好好的说出来，吞吞吐吐像个啥样子。”

陈旭说道：“我打算在滨城买套房子。”然后就把他的计划告诉了父母，说房子大概多少钱，首付多少，自己大概缺多少。

陈旭爸一听房价那么贵，而且贷款要还上二十年，坚决不同意他买房。他对陈旭说道：“你现在才工作几年，就贷了那么多钱。以后万一工作有个闪失，还不起贷款怎么办。再说家里的房子还算宽敞，你结婚可以回家结嘛。”

陈旭妈看到陈旭的脸色发青，很自然地就站在儿子的这一边，对陈旭爸说道：“孩子的考虑还是对的，你说现在的儿媳妇谁还愿意和公婆一块住的？”

陈旭爸听了更生气，他把筷子一丢：“不愿意的话，这婚不结也罢。”

陈旭没想到父亲会这么反对，饭也不想吃了，把碗端起来，扒拉吃了几口，回自己房间了。关上房门的时候，只听见陈旭妈在后面喊道：“儿子别担心，我会劝你爸的。”

晚上睡觉的时候，妈妈推门进来了，陈旭正躺在床上抽烟，看见母亲进来就把烟掐灭了，从床上坐了起来。

陈旭妈看见儿子躺在床上抽闷烟，关切地说道：“抽烟对身体不好，你以后得少抽点。”她拿过床边的椅子坐下，问道：“还在生你爸的气呢？”

陈旭低着头说道：“没有啊。”

陈旭妈说道：“你也不要怪你爸，他也是为你好。你说你这么年轻，就背负那么多的贷款，以后过日子能舒坦吗？你爸是不想让你活得太累。”她从口袋掏出一个存折递给他，说道：“这是我和你爸的一点积蓄，不知道够不够。父母没有啥本事，一辈子也没为你攒下点什么。”说着说着她眼泪扑簌簌地流了下来。

陈旭抬起头望着母亲，发现她两鬓已经斑白，皱纹爬满了整个脸庞，想到父母含辛茹苦地把他培养成才，他们自己却没有过上一天舒坦的日子。现在自己工作了，还惹得父母伤心，真是不应该啊！他眼里闪着亮晶晶的泪，哽咽地说道："将来有钱，儿子一定会把这些钱还给您，一定会让你们过上好日子。"

妈妈破涕为笑："都是一家人，说什么还不还的，只要你好我们就好。"

陈旭又在家里呆了一天，然后欢欢喜喜地回到了滨城。

回来以后，陈旭就琢磨该在哪里买房，每个周末，他就和想买房的同事一起参加各个新开楼盘的介绍会，以前对报纸上不屑一顾的售房广告，陈旭现在也开始关注起来。在各个售楼处，穿着整齐套装、化着精致淡妆的漂亮的售楼小姐热情地给他介绍楼盘情况，耐心地回答他的提问。陈旭工作这么长时间，总是客户对他指手划脚，这回买房终于体会一次让别人为自己服务的滋味，那感觉就是一个字：爽！。

经过一段时间，陈旭买下了一套现房。房子的位置距离市区很远，不过离陈旭上班的地方很近，八十多平米，两室一厅。他和开发商签了合同，大部分是公积金贷款，还有一部分商业贷款，交完首付后大概两个星期后就拿到了房子的钥匙。

其实买房的事，陈旭一直瞒着杨若依，他想给她一个惊喜。在拿到钥匙以后，陈旭就迫不及待地想把这件事告诉杨若依。

这个周末，陈旭约杨若依出来，准备把买房的事情告诉她。他打电话给杨若依，骗她说他想搬家，得重新找个房子，让她和他一起去。

见了面以后，杨若依很疑惑地问陈旭："你现在那房子不是住得挺好的，怎么突然又想起来搬家了？"

陈旭说道："主要是住着不太方便。"

听了陈旭的回答，杨若依有点理解不了，她说道："你现在住的地方还算不方便啊？附近有公交车站，还有一个大的超市，离公司也很近。你想想看，我住的地方又没有超市，公交车又少，你真是身在福中不知福啊。"

陈旭本想随口找个借口敷衍一下，听见杨若依这么说，他笑着答道："我也没说我住的地方不好啊，主要是离你的小区太远了，干什么都不太方便。"

经陈旭这么一提醒，杨若依才意识到陈旭真的很辛苦。陈旭住的地方离她住的地方坐公交车大概得二十分钟，然后还得步行十分钟左右。每次出去都是陈旭先到她住的地方，晚上回来陈旭也是先送她回家，然后他才回去。有时候他们回来的很晚，也不知道陈旭是怎么回去的，想到此，杨若依感到有一丝歉意。

杨若依紧紧地挽着陈旭的胳膊，恋恋地望着他说道："你对我真是太好了。"

陈旭也不知道杨若依此时脑子里想什么，他用手指点了一下她的脑袋笑道："傻瓜，我不对你好对谁好。"

俩人打车来到新买的房子，陈旭领杨若依参观了一番，然后问她道："房子怎么样？"

因为屋里比较闷，杨若依就把窗户打开来。看着空荡荡的房间，她有点疑惑地问陈旭："房子倒不错，可是这儿什么也没有，你怎么住啊？"

陈旭听了以后，哈哈大笑起来："现在当然住不了，可装修后不就能住了吗，告诉你吧，这房子以后就属于我们的。"

陈旭本来以为杨若依会很高兴，可是没想到她却是一副很平静的样子，陈旭一时间愣住了问她道："怎么，你不高兴吗？"

杨若依勉强朝陈旭笑了笑说道："没有啊，可是买房这么大的事，你怎么也不告诉我一声啊。"

陈旭解释道："我不是为了给你一个惊喜嘛！"看到杨若依还有点不高兴的样子，陈旭连忙说道："我保证，以后无论事无巨细，一定会先汇报老婆大人。"

杨若依听完后格格地笑了起来，说道："我真不知道该说你啥好。"

那天回来以后，陈旭就和杨若依计划着装修的事。虽然装修的过程比较烦琐，但是看着自己设想的方案一步一步地成为现实，倒也不失为一种乐趣，而杨若依似乎也已经忘记了他私自买房的不快，正以巨大的热情投入到了装修中了。更让陈旭高兴的是，杨若依是那么的精明能干，一切事情都规划得有条不紊，他根本插不上意见，索性把所有的事情都让她决定了，这倒省了他不少事。

# 20

这段时间公司组织内部评审，而陈旭所在的项目组正好是抽查的对象，为了应付上面的检查，陈旭他们每天都忙于补缺少的文档。

说起抽查其实都是例行公事，一般都是上面先选好检查的对象，然后告诉他们要检查什么，下面该怎样对应。等下面都准备好了以后，上面的人再走走过程，然后美名其曰：抽查。这就像有些政治人物经常玩的“以退为进”的游戏，做做样子而已。

虽说是做样子，可该准备的还是得准备，这就好比结婚的时候，很多人都已经同居过了，相互之间已经没有那种强烈的渴望了，但你还得表现的很认真，不能有丝毫的懈怠。人，真的天生就是演员，只不过有时是演给自己看，有时演给别人看，有时演给大家看而已。

陈旭这几天又要应付检查，又要忙于装修的事，到周末的时候，他还得陪杨若依逛街看家具，真有点应接不暇的感觉。如果把时间比作牛奶的话，那陈旭快成专业的挤奶工人了。

正当装修的工作进行到如火如荼时，杨若依突然接到家人的电话，让她尽快回去一趟。她上午接到通知，下午就乘飞机回去了，匆忙得连具体原因也没和陈旭讲，只是说有件急事需要处理。陈旭没有和她一起去，原因有二：第一杨若依不让他一起去，第二装修和工作让他脱不开身。对于杨若依突然回家这件事，陈旭也感到很意外，只是当时也没有多想，以为只是一件普通的急事，所以也没有追问具体原因。如果他知道接下来发生的事情，估计打死他也不会让杨若依一个人回去。

杨若依急着回家是因为母亲生病了。当她匆匆忙忙赶回家的时候，她母亲已经病危住院了，被确诊为尿毒症。杨若依听到这个消息，当场失声痛哭了起来，她的一个小学同学就是因为得这个病去世了，她清楚地知道得这个病对母亲意味着什么。

现在母亲必须依靠透析才能维持生命，一周去医院三次。每次透析回来，她都痛苦不堪，看到母亲被病魔折磨得痛不欲生的样子，杨若依的心都碎了。

杨若依向医生了解到尿毒症还有一个治疗方法就是肾移植。虽然这种办法风险比较大，但是如果移植成功了，病人就基本上可以像正常人一样生活，那位医生还告诉她说母亲是比较适合做肾移植手术的，医院里也恰好有一个合适的肾，让她们考虑一下，并且告诉她说肾源不是很好找，错过了这次机会，以后就算她们想做也不一定能做。

杨若依决定给母亲做这个手术，可需要一大笔钱，她们家根本担负不起。怎样才能筹到手术费呢？杨若依想到了陈旭，可是陈旭刚买完房子，手头肯定没钱，而且他们还没有正式登记，杨若依也不好意思一下子向他张口借那么多的钱。杨若依又想卖房子，可是卖了房子，她和母亲住哪里啊。这几天，杨若依为了钱的事茶饭不思，整个人明显憔悴了许多。在她几乎要绝望的时候，突然想起了前段时间把她撞伤的金先生，他一定有钱。杨若依就像落水的人终于抓住了最后一颗救命稻草一般打开了手机，查看通话记录，最终找到了金先生的电话号码。

杨若依拨通了金先生的电话，那边的金先生接到她的电话显得很惊喜，待他听明白杨若依的意思以后，表示可以借钱给她，但是前提条件是杨若依必须答应做他的情人，杨若依感觉他提的条件很荒谬，一口回绝了他。

医院那边催促杨若依，说如果她们再不决定做手术的话，那颗肾就要给别人了。杨若依陷入了痛苦的抉择之中，如果答应了金先生的条件，她和陈旭的爱情以及她一生的幸福就将毁了。但是如果还筹不到钱的话，母亲就将一直痛苦下去，她又怎么忍心看到母亲受苦？最后，杨若依也想通了，就算她不答应金先生的条件，她母亲治疗也需要花一大笔钱，而且需要她在身边照顾，她不能把她自己的不幸再转嫁到陈旭身上，变成两个人的不幸。这样想着，杨若依再次拨通了金先生的电话。

这边，陈旭还沉浸着即将结婚的巨大喜悦中。每天上班，他的脸上都情不自禁地挂着微笑。有时候，一个人面对屏幕都会乐得笑出声来。人也变得谦和起来，不再会因为组员一个幼稚的错误而大发雷霆，连食堂平时难以下咽的饭菜也变得可口了。按理说这也很正常，要结婚谁不高兴啊，可是陈旭就是因为高兴过火而得罪了同事。这是怎么一回事呢？有一次他们开会讨论问题，领导正在讲话，一个女同事可能中午吃坏了肚子，控制不住放了一个屁，而且是很细长的那种，像汽笛鸣叫一样。当时人很多，对方又是个女同事，所以大家都强忍着笑，当作什么事都没发生一样。陈旭正在开小差，想着自己和杨若依开玩笑，所以忍不住笑出声来。这一笑就像是打开潘多拉盒子的钥匙，同事们刚才强忍的笑都如洪水决堤一般爆发出来。虽然事后陈旭道了歉，但是在以后相当长的一段时间内，那位女同事每次看见陈旭，脸上都露出一副嗔怨的表情。

这个周末，陈旭约张朝洋出来喝酒。自从张朝洋结婚以后，他们见面的机会越来越少了。有人说兄弟如手足，老婆如衣服，很多女人为此不平，说这是在贬低她们，可是想想看，大街上没有手足的残疾人士很多，但是裸奔的人却很少。

他们约好在以前经常喝酒的饭店见面。坐下来以后，张朝洋把外套脱了放在一边的椅子上，问陈旭道："陈旭，今天怎么有空找我喝酒啊？"

陈旭拿起茶壶，把张朝洋的杯子倒满又把自己的倒上，方才回答道："张哥，你这话就不对了，哪次不是我去找你，你都说没空。"

张朝洋向他摆了摆手，有点激动地说道："这个话题不提也罢，提了就来气。结婚前，感觉你嫂子还是一个通情达理的人，可结婚后……还是不提了。"他深深地叹了一口气，接着说道："对了，你女朋友杨若依人呢？"

陈旭把嘴里的东西咽了下去，说道："她啊，有点事回趟家。”

张朝洋笑了笑，以一种理解的眼神看着陈旭，陈旭被他盯得有点不好意思，连忙解释道：“张哥，你不要误会。我找你绝对不是因为杨若依回家了。”

张朝洋说道：“我可什么也没说啊。”然后两个人仿佛心灵相通般同时笑了起来。

过了一会儿，酒菜都上来了，他们边吃边聊。

张朝洋发现陈旭今天有点异常，感觉他整个人仿佛刚从蜜罐里爬出来似的，浑身上下都洋溢着甜蜜的味道，就问道：“陈旭，最近有什么高兴的事啊？”

陈旭兴奋地道：“我和杨若依打算过完年就结婚。”言语中透露着浓浓的喜悦。

张朝洋看到陈旭此时幸福的样子，和自己结婚前一模一样，真替他高兴。可想到自己如今这个样子，真不知道该祝贺他好还是替他惋惜。他端起酒杯对陈旭说道：“哥们，祝你和杨若依能够永远恩爱。”

正当他们喝得高兴的时候，突然被一阵急促的手机铃声打断了：“主人主人，来电话啦！”张朝洋不耐烦地掏出手机，示意陈旭接个电话。电话接通了，从电话那头传来一阵女高音：“你现在在哪儿，怎么还不回家啊？”

张朝洋小声地回答道：“我和哥们在吃饭了，可能晚点回去。”

又是一阵急促的女高音：“你是不是又喝酒了，不是告诉你不要喝酒吗。你那肝还能喝酒吗，告诉你多少遍了。”然后听见女高声戛然而止，那感觉就像大声呼救的人突然被抢劫的人用刀抵住了腰身。

张朝洋把手机往桌子上一放说道：“一天到晚跟念经似的”，话还没有说完，桌子上的手机又响了起来：“主人主人，来电话啦！主人主人，来电话啦!”，铃声里小孩的声音仿佛催命般叫个不停，张朝洋一气，直接把手机关了。

陈旭有点抱歉地说道：“张哥，要不咱们今天就喝到这为止吧。改天，改天我再请你。”

张朝洋忙说道：“陈旭，没事。你以前不是问过我结婚后最大的感受吗，我当时只说出了一半。今天补充一下，结婚最大的坏处就是，你也必须无条件地陪人家逛街吃饭和睡觉。我跟你说，这女人都是惯出的毛病。我今天非要喝个痛快，看她能把我怎样。”

陈旭本来还想劝张朝洋几句，但看他态度坚决的样子，只好放弃了，又喝了几瓶啤酒后，张朝洋提议去唱歌。陈旭今天为了装修的事忙了一整天，而且刚才又惹张朝洋老婆不高兴，所以打算喝完酒就回去。但他看张朝洋气还没消，又不敢提出来，怕他说自己不够意思，只好顺着他的意思打车来到了一家KTV。

可能因为酒喝多了，又坐车折腾一下，陈旭下车的时候感觉胃不舒服，有点经常晕船的人看到大海的感觉，张朝洋就陪他在街道边上站一会，等他好了以后再进去。

有人说了解一个城市就要看它的夜景，了解一个人就看他的夜生活，这句话还可以连起来说：如果想要了解一个城市，就要看它的市民下班以后到城市的某处去过夜生活，想要了解一个人，就要看他下班以后到城市的某处去过怎样的夜生活。这句话读起来是不是有点绕口？社会本来就很复杂，你又何必强求简单？

张朝洋一边陪陈旭站着，一边用眼睛的余光扫视着过往的靓女。他看见一名男子拥着一美女从KTV里出来，此时正向停在路边的轿车走去。那名男子看上去其貌不扬，却有香车美女相伴，张朝洋狠狠地朝他们远去的方向吐了一口唾沫，恨不得时光能倒流，中国重新回到土改的年代。那女子往前走的时候，突然回头朝他和陈旭看了一眼，张朝洋看到美女朝他回望了一眼，以为自己的外表吸引了她的注意，之前所有的怒气一扫而光，恨自己刚才没拿镜子照照，也不知道自己是否给她留下一个好的印象。

那女子在陈旭身上停顿了几秒钟，然后才转过头走了。张朝洋目送着美女的离去，发现她的背影好面熟，他仔细搜索着关于她的记忆，突然从脑子里蹦出三个字：杨若依。张朝洋刚才还有点醉意，这时候彻底清醒了，他急忙摇着陈旭说道："陈旭，快看，那个人是不是杨若依啊？"

陈旭此时还在为吐还是不吐作内心的挣扎，被张朝洋一晃，"哇"地一声，把晚饭吃的东西如数吐了出来。吐完以后，他对张朝洋说道："张哥，我看是你喝醉了。杨若依现在在苏州，那个人怎么可能会是她？"

张朝洋正想辩解，发现那女的已经坐车走了。本来这种事情就不是好事，而且他也不能肯定那个人一定就是杨若依，多说反而容易得罪人，这样想着，他也就不坚持了，就对陈旭说道："可能是我看错了。看你是真醉了，我现在送你回去，改天再找你唱歌吧。"说完叫了一辆出租车，把陈旭送回了寝室。

第二天醒来，陈旭头裂开来似的疼。他挣扎地坐了起来，看了看手机，已经十点多钟了。昨天晚上他自己是怎么回来的，已经全然忘记了，但是张朝洋的话却清晰地刻在他的脑海里。说起来真奇怪，有时人的记忆力会变态的好，尤其是在那信息对你不利的情况下更是如此。洗漱过后，陈旭就打电话给杨若依，电话那头的杨若依一切如常，陈旭没有听出任何异常的情况。在得到满意的答案后，陈旭一颗久悬的心终于落地了，他们聊了些琐碎的事，装修是如何如何的辛苦，他是如何如何的想她，问她什么时候回来之类的话，然后心满意足地挂了电话。

# 21

一周后，杨若依回来了。之前，她并没有打电话通知陈旭，回来的当天晚上，她约陈旭出来吃饭。

他们约好在杨若依住的地方附近那家新开的饭店见面。说起来，这家饭店已经开了一段时间，杨若依早就想去品尝一下那里饭菜的味道，只不过由于装修和她回家的事，他们一直没有去成，所以陈旭就提议把吃饭的地方定在那里。

这几天寒流来袭，气温骤降，此时外面正刮着大风。凛冽的北风如同失去控制的猛兽，在滨城的大街小巷横冲直撞，空气也仿佛结了冰似的，人们需要先融化它才能呼吸。平常披头散发的女子也收起了爱美之心，把头发蜷缩在厚厚的帽子下面。

下车后，陈旭不禁把衣服裹得更紧些，但是寒风总是精确地找到衣服的漏风处，把寒冷的空气频繁地灌进他的身体内。还好饭店离车站不远，陈旭透过窗户，远远地看见杨若依静静地坐在里面。进入饭店以后，陈旭才像重新回到了人间，他把外套脱下来，对杨若依抱怨说今天真冷啊，抽出椅子坐了下来。陈旭问杨若依什么时候回来的？说她回来之前怎么也不事先告诉他一声。杨若依只是笑了笑，没有正面回答他。

在等菜的空隙，陈旭絮絮叨叨地向杨若依讲述着装修时遇到的趣事，说他前几天去买东西，七块钱一个，他一共要十五个，他和老板讲价说六块五一个行不行，那老板死活不同意，陈旭说不便宜就不买了，然后就要走，那老板叫住陈旭，说给他九十五东西就卖给他了。然后接着又说她离开的日子他多么的痛苦，就算是后背痒了，也没有人帮他挠一挠，只能自个蹭着墙解决。最后陈旭又和杨若依说他看好了一套家具，等她有空的时候一起去看看，还保证说她看完了一定会喜欢。

杨若依一句话也没有说，只是静静地看着陈旭，听他一个人讲。

陈旭看杨若依似乎是情绪有些低落，总是打不起精神头来，想让她高兴，就逗她说她回家的时候是不是经常打喷嚏？

杨若依让他问住了，不解地答道：“没有啊。”

陈旭作出一副懊恼的样子出来，笑道：“看来最近算白想你了。”

杨若依被陈旭的样子逗乐了，微微地一笑，但想到即将和他分手，泪水突然像断了线的珍珠流个不停。

陈旭看到杨若依先是笑，然后突然又流泪，一下子愣住了，急忙问杨若依怎么呢？

杨若依用手拭去眼泪，强迫自己平静下来，她知道如果今天自己不和陈旭说，那以后可能更下不了决心，就说道：“陈旭，我们分手吧。”

听了杨若依的话，陈旭的身体仿佛一下子被人掏空似的，如果不是坐在椅子上，估计就要跌倒在地。他呆坐在那里，脑子里一片空白。沉默半晌，他才缓缓地问道：“为什么？”

杨若依此时已是泪流满面。她低着头，不敢直视陈旭的眼睛，哽咽地说道：“陈旭，真的很抱歉，我要出国了。我在加拿大的叔叔前段时间联系我母亲，让我们去加拿大。护照也已经申请下来了，以后可能要移民加拿大。”然后她顿了顿，努力克制自己的情绪，接着说道：“我知道这对你很不公平，但是没有办法，我真的很抱歉。”然后她站了起来，哭着跑了出去。

此时，服务员陆陆续续地把菜上完了，各式各样的摆了一桌子，陈旭默默地坐在餐桌旁，一双眼睛如死鱼般看着那丰盛的晚餐，良久。

杨若依要和他分手，这个消息对于陈旭来说，犹如晴天霹雳。一切来的太突然了，他毫无招架之力。记得杨若依说分手的那天晚上，陈旭脑子里一片空白，一路上踉踉跄跄，不知道如何回的家，半道摔了一跤，回到宿舍的时候胳膊上还渗着血。进门以后，陈旭也没有和室友打招呼。看到床，直接把身子摔了上去，用被子蒙住了头。

陈旭躺在床上，身体一动不动。往日和杨若依相处的片段，像幻灯片一样，在他的脑海里飞快地闪过。陈旭想停止下来，可脑袋好像不是他的，而且翻转的速度越来越快，让他的头疼得像要裂开一般。夜已深，四周一片寂静。窗外，不知从什么时候起开始下起了雪，雪花从一望无际的天空中轻轻地飘落下来，纷纷扬扬，无声无息。

不知过了多久，陈旭慢慢地哽咽起来，这种情绪越来越强烈，到最后变成了嚎啕大哭。泪水如绝了堤的洪水，再也止不住。他仿佛要把这二十几年来积攒的泪水一次全都流干。不知到几时，陈旭哭累了，才迷迷糊糊地睡着。

第二天接近晌午的时候，陈旭慢慢地醒了过来，他试着把头抬起来，针扎般难受，只好放弃。过了许久，陈旭才想起来今天还得上班，可已经11点多钟了，于是就打电话向领导请假。

请完假以后，陈旭慢慢地从床上站了起来，走到镜子前。镜子中的他异常憔悴，两只眼睛肿得厉害。陈旭突然不好意思起来，自己是个男人，却哭得像个娘们，说出去恐怕让人笑话。他对着镜子想作个笑脸，却发现脸绷得难受，因为昨天晚上泪流得太多全干在脸上。这时，肚子突然开始“咕噜咕噜”响了起来，陈旭这才记起自己已经很长时间没有吃东西了，简单洗个脸，然后开门出去了。

外边天气格外晴朗，耀眼的阳光刺得人睁不开眼睛。四周白雪皑皑，下完雪的世界就像女人穿上了清纯的衣服，也变得冰清玉洁起来。陈旭顺着人们踩出的小道走到了车水马龙的街道上，汽车排出的尾气和溅起的泥浆混在一起，显得那么肮脏，陈旭轻藐地笑了笑，顺着街道溜达着，寻找着吃饭的地方。突然从身后传来“吱”的一声急刹车声，陈旭本能地朝路边靠去，同时转头向后望，只见身后停了一辆黑色的轿车，一名中年男子正探着脑袋朝着自己的方向大骂“找死啊”。听到死陈旭想到了很多，芸芸众生因为偶然的因素来到了这个世上，便以为整个世界就为他而生，为名为利忙碌，最后终归一钵黄土。按照爱因斯坦的广义相对论，整个宇宙最终会消亡，那么人类奋斗的意义何在？想着想着，陈旭突然笑了起来，还是先解决自己的温饱问题吧。那司机看到自己骂陈旭，而陈旭却笑了，于是狠狠地瞪了他一眼，丢下一句“脑子有病”开车而去。陈旭也不理睬他，自顾自地行走。

找了一家饭馆坐下，陈旭要了一碗面条。因为饿了许久，平时难以下咽的面条现在也变得可口起来。正吃着，陈旭突然意识到他本来是不喜欢吃面条的，就因为杨若依喜欢吃，所以他也只好陪着，时间久了，自己也习惯吃面条了。这么想着，陈旭不由得又感伤起来了，三年的感情，她凭什么说结束就结束，不给自己留一点余地。陈旭突然有点反胃，然后抑制不住地恶心起来，赶忙站起身来往厕所跑去，还好及时赶到厕所，在厕所里吐了一会儿，陈旭的心里舒服多了，有一种解脱的感觉。

随后的日子，陈旭的精神状态一直不好，整天迷迷糊糊的，身体明显瘦了一圈，性格也变得比以前沉默了许多。同事们一起玩的时候，他也是跟着后面，但大家都能感觉到他的强颜欢笑，也猜出了大概来，就经常开导他：“陈旭，你失去了一棵树，得到的却是整个森林，应该高兴才对。”

“陈旭，就凭你这么帅，找个女朋友不是轻飘的事。”“陈旭，你就是太痴情了，现在都是什么年代了”。陈旭知道大家都是在好意开导他，每每听到这些话，都报之一笑。同事们看什么话都没用，也就不说啥了。

前段项目一直加班，陈旭积攒了很多假期，于是就向领导请假休息一下。因为这段时间项目正处于空闲期，而且陈旭的精神状态一直不好，领导很爽快地答应了，他还叮咐陈旭一定要保重好身体，来年还有一个大项目要做。陈旭想到了小时候他姥姥家养猪，为了让猪多长出肉，杀它之前一直好吃好喝地喂着它。但是他没敢和领导说，还得点头哈腰地说道：“多谢领导关心”。

# 22

待在家里也无聊，陈旭就出去逛街。他来到了滨城最繁华的商业区，大街上熙熙攘攘，红男绿女，成双成对。繁华尽处是悲凉。以前陈旭总是陪着杨若依逛街，今天他自己一个人来逛，感觉有点别扭。逛了一段时间，陈旭觉得没什么意思，正准备回去的时候，突然听见身后有人在喊：“陈旭哥”。于是他转过身，寻找声音的来源。街道上人很多，本来陈旭是顺着人群走，所以没有感觉到什么。他这么一转身站住，人群很自然地被分成两拨，把他夹杂中间。他只看见黑压压的一片脑袋朝自己涌过来，根本找不出是谁在喊他。“在这边，”那个声音又在喊自己，陈旭这时才发现在不远处的一个时装店的门口，一个女孩正在朝自己招手，原来是柳青青。他拨开人群，三步作两步奔她跑去。

“陈旭哥，怎么几年没见，都不认识我了?”柳青青笑呵呵地说道。

“是啊，几年没见，你变得更漂亮了。刚才你向我招手时，我还纳闷怎么还会有美女认识我。”陈旭边说边仔细打量着她，其实他说的也是实话，柳青青确实变得漂亮了许多。她今天穿了件粉红色羽绒服，略化了点妆，彩色的眼影闪着动人的光彩，两道细长的弯眉下是清澈若水的双眸。她皮肤本来就白皙，在衣服的衬映下，更显得白里透红。头发也烫成了卷发，散披在身后，越发显得成熟。

“是吗？几年没见，你也变得比以前更会说话了。”柳青青咯咯地笑了起来。

陈旭也跟着笑了起来，他看到柳青青拎着一大包的东西，就问她道：“怎么你会在滨城？就你一个人？”

“那你认为我应该几个人？”柳青青没有回答他的第一个问题，而是笑着反问他道。

“我就是随便问问。你买了这么多东西啊，我帮你提一下。”陈旭作势上去要帮她拎东西。

柳青青也没客气，直接把东西递给了陈旭说道：“因为公司业务需要，我现在被调到了滨城来了。没想到来这第二天就碰见你了。怎么你也一个人？自己逛街？你女朋友呢？”

“我过几天就要回家了，看看有什么东西能带回去。”

陈旭答道，然后沉默了几秒钟，说道："我和她分手了。"

"哦，I' m sorry。"柳青青虽然口上说抱歉，但心里却显得有点兴奋。她发现此时不应该有这样的想法，表情也故作沉重，接着说："我现在也是一人吃饱，全家不饿"。

陈旭不想再提起这个话题了，就对柳青青说到："你看我们都好几年没见了，你又初来滨城，咱们找个地方吃个饭吧"。

"好啊，我正好也饿，"柳青青答道"刚才我肚子还咕噜咕噜叫呢。"她拍着自己肚子一下作饥饿状，虽然外表打扮得成熟，但她的性格还是一点没变。

他们找了一家火锅店。记得上大学时，大家最爱吃的就是火锅，尤其是冬天的时候，学校周围的火锅店一到周末或者是节假日就会爆满。如果大伙想去吃的话，就会先派一个人去排队，轮到的时候打电话通知，大伙再一窝蜂地赶去。而现在要让陈旭等，哪怕是等个五六分钟，他会转身就走。

坐下来以后，柳青青问陈旭："你最近工作怎么样?"

陈旭答道："还行吧，你知道的，干我们软件这一行，起的比鸡早，睡得比狗晚。公司的用人策略就是：'把女人当男人使，把男人当驴使'。上海不是还流行着一个称号叫'张江男'嘛。对了，你工作怎么样?"

"你说话真有意思，比以前幽默多了，"柳青青笑道，

“我还行，就是整天和客户打交道。”

两人就这样你一句我一句的，从小时候的趣事，到工作后的种种见闻和感受，陈旭发现柳青青也没有自己原来想象的那么讨厌。生活就是这样，有时你用力想抓住什么，可是到头来发现一无所获，有时你什么都不想，好运自己送上门来。你无法预料你会在何时遇见何人，也无法预料何时和何人会发生何事，冥冥中似乎有定律，又似乎什么也没有。

不知不觉天色已晚，两人聊得太投机，都没感觉时间过了这么久。陈旭结账以后，他们站起身来准备出去。

“没想到我们已经聊了这么长时间，谢谢你的午餐。”柳青青说道。

“是啊，其实我们还可以在这多坐一会儿，直接把晚餐一块吃了。”陈旭笑道。

“你以为我们俩是猪吗？”柳青青哈哈大笑起来，“反正我是吃不下去了，我最近还想减肥呢。”

陈旭故意从头到脚打量了她一番，盯得柳青青都不好意思起来。

“干嘛，有什么不对劲吗？”柳青青小心翼翼地问道。

“就你这身材，要是生在唐朝，那所有人只有感叹的份了。”陈旭故意说道，他发现自己喜欢和柳青青开玩笑了。

“他们感叹什么?”柳青青还没反应过来。

“当然是自叹不如了。”陈旭哈哈大笑起来。

“讨厌,”柳青青愠怒道，没想到陈旭还会讽刺她。

“怎么生气了，这不是柳大小姐的风格啊。”陈旭看到柳青青有点不悦了，连忙说道。

“是啊，我怎么会生气啦?”柳青青在心中嘀咕着，她接着说：“没有啊，不过我真有那么胖吗?”她显然对自己的身材失去了信心。

“哪有的事，如果你还算胖。那全国其他女人还活不活。”

柳青青“扑哧”又笑出声来。陈旭很自然地把她和杨若依进行着比较，她们俩简直就是两个完全不同类型的人，虽然杨若依也喜欢笑，但她的笑是浅浅的，带着丁香般的忧愁，而柳青青笑是豪爽的，有着牡丹般的骄傲；杨若依喜欢一个人静静地看书听音乐，柳青青则喜欢运动和旅游，喜欢凑热闹，和她在一起你可能不知道何为忧伤。想到杨若依，陈旭又开始悲伤起来。

“你在想什么呢?”柳青青的声音把陈旭从想象中拉回现实。

“哦，没什么。你看天快黑了，我送你回去吧。”陈旭拦了辆出租车，把柳青青送回了住所。

送完柳青青，陈旭晚饭也没有吃，就坐在沙发上看电视。看了一会儿，陈旭妈打电话过来，先问他工作如何？又问到他和杨若依怎么样？陈旭怕她担心，并没有把他和杨若依分手的事告诉她，就撒谎说还行。然后陈旭妈就絮絮叨叨地聊起了家里发生的琐事，隔壁王阿姨家的儿子结婚了，对面曹叔家的女儿春节后要出嫁等，最后她又说家里下了很大的雪，她几十年都没见过这么大的雪。

打完电话，陈旭眼睛漫无目的地盯着窗外，一副怅然若失的表情，春节回家，他该如何向父母说起他和杨若依分手的事。难道还要继续欺骗他们吗？但纸包不住火，他们终归会知道的，陈旭一时间不知道该如何是好。

几天后陈旭妈又打电话过来，说家里的雪一直下个不停，她说南方的铁路交通都中断了，叫陈旭春节不要再回家过年了。陈旭也在新闻中看到南方遭受了雪灾，正在犹豫回不回家呢。他现在的精神状态很差，可不想让父母看到自己现在的样子而担心，就决定待在滨城不走了。可是想到同事和同学大多数是北方人，他们春节都要回家过年，自己即将一个人孤苦伶仃在他乡度过春节，陈旭心中不禁有一丝怅惘。

又过了几天，公司放假了，室友早都提前请假回家了。

平时略显拥挤的房屋也渐渐空荡起来，空荡得让人心慌。放假以后，陈旭又回归到单身汉的生活，回到了那个他曾经很熟悉而现在却很不适应的生活，每天除去吃饭和买东西的时间，他差不多都待在屋子里，哪里也不想去，什么事也不想干。整天上网睡觉，除非是憋得难受，连厕所都懒得去一趟，如果不是昨天陈旭妈打电话过来，他还不知道今天是年三十。按照家乡的风俗，春节前要“掸尘”，家家户户都要贴对联和门神。虽然身在他乡，但过年还得有个过年的样子，看到屋子里被自己糟蹋得乱七八糟，虽说今天是年三十，过了打扫的日子，但陈旭还是决定先到商店里买些东西，然后回来彻底打扫一番。

因为是除夕，街道两旁的商店大多都关门了，家家户户都在忙做年夜菜，所以大街上显得冷冷清清的。街道两边的房子都贴上了红红的对联，窗户外也挂上了各式各样的灯笼，远望过去喜气洋洋的。陈旭沿着街道溜达，看到此景联想到去年在杨若依家过年的情景，心中不由得伤感起来，往昔和杨若依相处的情景仿佛就在昨日一般，像是做了一场梦，梦醒后恍如隔世。

陈旭向前望去，有个女子拎着一手的东西，正在向车站的方向走去。他心里想，每年春节前几天家里就已准备好了年货，而前面的女子大年三十才去买东西，难道也和自己一样春节没回家？此时他突然想起了柳青青，她也有可能没有回家。陈旭开始激动起来，他急忙拨通了柳青青的电话，等待了一会儿，电话那头传来熟悉的声音：“是陈旭哥吗？”

陈旭问道：“青青，是我。你现在在哪里？回家了没有？”

柳青青在电话里答道：“我现在在宾馆里，今年家里下雪，我父母没让我回去。你呢，你现在在哪啊？”

陈旭激动万分，他努力地克制着自己的情绪：“我也没有回去。现在打算去买东西，你能出来吗？”

陈旭从电话里感觉柳青青那边也很激动，她颤巍巍地说道：“陈旭哥，你现在在哪里？我马上过去。”

过了几分钟，陈旭看见一辆出租车向自己开来。柳青青伸出个脑袋朝他笑，陈旭马上迎了上去笑道：“你效率还蛮高的嘛。”然后就打开车门自己也上去了。

柳青青看到陈旭没让她下车，他自己反倒上去了，就问道：“我们现在上哪去啊？”

陈旭朝她笑了笑道：“我刚才不是在电话里说要去买东西嘛，怎么就这么一会儿，你就忘了？”

柳青青朝他做了个鬼脸道：“刚才只顾兴奋了，把这事给忘了。”

他们坐车来到了超市。超市里很热闹，头顶上挂满了各式各样的彩球和红灯笼，衬托出节日的喜庆。商品更是应有尽有，看得人眼花缭乱。因为要过年，还专门辟出“年货街”。虽说今天是年三十，但是前来购物的人络绎不绝，超市人头攒动热闹非凡。

本来是柳青青陪陈旭逛，可是她进了超市以后，看到好的东西不管有用没用都想买，陈旭只能推着购物车在她后面跟着，在旁边不停提醒她再买就拿不动了，结果他们还是买了一大堆东西，四只手都快拿不下了。

从超市出来时间已接近中午，陈旭和柳青青来到了超市边上的一家西餐厅。柳青青要了一份比萨，一份海鲜沙拉外加一杯卡布奇诺咖啡。陈旭除了去过肯德基和麦当劳，还没有到过西餐厅，轮到他点东西的时候，看着菜单却不知道点啥，但又不想让柳青青觉得自己孤陋寡闻，一时竟不知如何是好。还好翻到最后，看到一个“面”字，才感到亲切点，向服务员要一份意大利面。柳青青让他再要份饮料，逛了一上午的超市，陈旭也感觉有点口干了，但当他看了菜单上饮料的价格，笑着对她说不渴。

吃完饭以后，陈旭邀请柳青青到他住的地方玩，并且说晚上和她一起守岁。柳青青想反正回去也没有事，就答应了，俩人打车到了陈旭的住所。

爬了几层楼梯，柳青青已经走不动了。她手扶靠在楼梯的扶手上，喘着粗气说道：“你住几楼啊，怎么还没到，我快累的不行了。”

陈旭连忙说道：“就快到了，坚持一下，再上一层就到了。”

柳青青笑道：“可不就再上一层，就算我现在想爬两层，那也得先有啊。你还不如事先就告诉我你住在顶楼，让我在楼下就死心好了。”

陈旭说道：“你看已经到了”，说完把东西放下来，掏出钥匙开门。

进入房间以后，柳青青惊呼道：“你屋子里这么乱”。

陈旭进门之前，只顾着和她说话，忘了屋子里还没整理。他朝柳青青笑了笑，不好意思地挠了一下头，说道：“是有点乱。”他放下东西，把沙发上的东西整理了一下，对柳青青说道：“你先坐，我收拾一下。”

柳青青放下手里的东西笑道：“陈旭哥，你这样说就见外了，我们一起收拾吧。”说完就把外套脱了准备和陈旭一起打扫。

当天下午，柳青青和陈旭一起收拾房间、贴对联、挂灯笼，一直忙到晚上。忙完以后，俩人休息了一下，又开始忙活做年夜饭。让陈旭吃惊的是，柳青青的厨艺竟然这么好，没用多长时间，年夜饭就做好了。一共做了四道菜：一道是“青菜烧豆腐”，期望“青菜豆腐保平安”；一道“芹菜炒肉丝”，取芹菜的谐音“勤快”；还有就是“什锦菜”，寓意“十全十美”；最后一道菜是“红烧鲤鱼”，取意“年年有余”。都是家家过年常吃的菜，陈旭品尝了以后，发现所有菜的味道都好极了，就问柳青青怎么会做这么多菜，而且还做得这么好吃。柳青青说她当时准备留学的时候，想到以后到了国外就不能经常吃到中国菜，出国之前特意到厨师学校培训过。

不知不觉外面的天已经黑透了，从窗外传来断断续续的鞭炮声。吃完饭后，陈旭和柳青青坐在沙发上看电视。听到鞭炮声，陈旭提议到外面去放烟花，柳青青很兴奋，说她最喜欢看的就是烟花了。

俩人来到小区的一块空地，陈旭先从烟花中拿出一个矮礅礅的直筒形状的放在地上，用打火机点燃，然后退到一边，等到烟花升空的一刻。烟花的引线迅速地燃烧着，发出“哧哧”的声音，引线烧完了，烟花并没有升空，而是向上喷射出无数的焰火，照着四周流光溢彩。陈旭又拿出一个长长的竹竿形状的烟花，让柳青青拿着烟花的一头，然后点燃它，等待了几秒，火光从烟管的一头喷射出来，带着“啪啪啪”的响声，像流星一样划向天际，在到达最高点的时候，突然绽放无数的光芒，照亮了星空，柳青青在下面兴奋地惊呼着。最后陈旭拿出爆竹，把它平放在地上点燃，引线已经烧完了，但是爆竹没有立即响起来，陈旭正琢磨是不是引线有问题，突然听见一阵“噼里啪啦”的声音，吓了一大跳。柳青青也和陈旭一样，被突如其来的爆竹声吓得跳起来，她紧紧地抓住陈旭的胳膊，忘了用手捂住自己的耳朵。

放完烟花，陈旭和柳青青回到了房间里。他俩坐下来继续看春节晚会，一起守岁。记得小时候每年过年，陈旭都很兴奋，因为可以有新的衣服穿有压岁钱，虽然过完年压岁钱最终要被父母收回，如果丢了或少了，还免不了一顿皮肉之苦，但至少有那么几天这钱的保管权是属于自己的，可以神气几天，而新衣服是属于自己的，可以一直穿下去。每到除夕之夜，想到自己可以有压岁钱和新衣服，陈旭都兴奋得睡不着觉，而父母怕他新年起来说错话，也乐意让他晚点睡，但他每次和父母一起看电视守夜，到春节晚会演到一半的时候，他就睡着了。

陈旭又记起去年这个时候，杨若依的母亲给他一个很大的梨，他吃不完，想分一半给杨若依。杨若依却不让他把梨切开来，说梨不能分着吃，陈旭当时还笑她迷信，开玩笑说我们就分着吃，看能分离吗？

正当陈旭回忆的时候，柳青青不知从哪儿拿来一根蜡烛，她让陈旭把灯和电视关上，屋里立刻陷入了黑暗。陈旭听见打火机的声音，然后一条摇曳的火苗瞬间照亮了屋子。柳青青把蜡烛点亮，温暖的光迅速地蔓延开来，盈满小屋。她把蜡烛小心翼翼地放在沙发前的茶几上，俩人围着它坐了下来。柳青青又找来一张白纸，把它围成一个圆柱形套在蜡烛上面，晕黄的烛光在白纸的遮挡下，更显得氤氲。她对陈旭说，小时候家里停电，她经常这样做。陈旭坐在她的对面，默默地听着她说话，晕黄烛光映射在她秀丽的脸庞上，眼眸里摇曳着波光，楚楚可人，令他怦然心动。陈旭感到浑身燥热，心跳也在加速，他走过去把柳青青轻轻拥入怀里开始吻她。

柳青青一开始还在低头细语，突然感觉到陈旭走了过来。她抬起头，没想到迎接她的竟是陈旭的吻。她一开始还挣扎，嘴里呜呜地喊道：“陈旭哥……”，可是陈旭有力的肩膀和湿润的吻让她失去了抵抗的勇气。

此时窗外爆竹声突然多了起来，渐渐地连成了一片。新的一年又来临了。

# 23

新年的第一缕阳光透过窗帘的缝隙，温暖地撒在卧室的床单上。

此刻，陈旭已经醒了，正舒服地躺在被褥里，享受着阳光照在脸上带来的温暖。卧室里很凌乱，陈旭的衣裤横七竖八地躺着地板上。空气中也弥散着一种懒散的味道，似乎昨夜的激情还未完全褪去。陈旭静静地躺在床上，脑袋却在回忆昨天晚上发生的事情，可想了半天，怎么也回忆不起具体的细节，就好像是做了一场梦，梦里惊心动魄，梦醒却什么也记不起来了。

陈旭向边上望去，柳青青已经起床了，此时好像正在厨房里做早餐，有股淡淡的饭菜香从厨房里传来，一种家的温馨油然而生。陈旭恍惚记得他还上小学的时候，经常是在睡梦中，被厨房里传来的饭香给“诱惑”醒了，往往是脸还没有洗就屁颠屁颠跟在母亲后面嚷着要吃饭。陈旭突然有一种莫名的伤感，只觉得时间像一列快速向前开的火车，自己还没来得及看清楚外面的风景，火车已经悄然驶过。

陈旭又想到了柳青青，自己心里分明不爱她，可为什么和她发生关系呢？陈旭自认为思想属于那种比较“传统”的，只愿和自己心爱的人发生肌肤之亲。不过自从杨若依和他说分手，他的心就已经死了，而陈旭也认为除了杨若依之外，再也不可能喜欢上任何人，既然心已死，那么和谁发生关系又有什么区别呢？

春节过后，陈旭从合租的房子搬了出来，和柳青青住在了一起。

上班以后的生活像小学课本枯燥无味，唯一让陈旭稍感兴奋的是部门给他们项目组中每个成员都换装了操作系统，从原来的 XP 升级到 Vista 系统。刚装上新系统的那几天，陈旭被 Vista 绚丽的界面所深深吸引，每天的工作都充满了探索的乐趣。可是干了一段时间后，陈旭逐渐感觉别扭起来，因为很多旧的软件在新的系统上根本不能使用，而且有很多以前的习惯用法都改变了，陈旭又有点怀恋 XP 系统了。

这几天陈旭的心情很郁闷，他负责开发的模块在提交后被发现一个很严重的缺陷，客户让他们尽快解决，而这边又无法重现那个错误。眼看着时间一天天过去了，但事情却没有一点进展，急得他们就同拉肚子的人找不着厕所一样，最后终于想到了一个办法，让客户通过视频演示错误发生时的场景，这才发现原来是客户自己配置错了。

这天下班以后，陈旭找张朝洋出来喝酒，发泄一下自己郁闷的心情，其实张朝洋心情也不好——他刚和他老婆吵完架。

俩人就近找了一家酒吧。酒吧里面嘈杂的音乐、拥挤的人群和外面恍如两个世界，以前陈旭特别讨厌去人多嘈杂的地方，但是现在他自己逐渐喜欢上来这里喝酒了。或许现在只有那些嘈杂的音乐才能填补内心的空虚吧。

在吧台找了个位置坐下来，张朝洋要了两瓶啤酒，酒吧里正好有一支摇滚乐队在表演，陈旭和张朝洋就边喝酒边看表演。乐队的主唱是一个长得挺帅的小伙，穿着时髦的服装，留着一个怪异的头型，在舞台上仰着头干嚎着，仿佛脚刚被什么东西重重地砸了一下。主唱嘶哑的喊声，配上重金属音乐强烈的响声，震得人耳朵直发麻。如果按照“余音绕梁，三日不绝”的标准来看，那摇滚乐无疑是世界上最好的音乐。以前陈旭不怎么喜欢摇滚音乐，严格说起来还有点排斥它，因为他始终不明白，在他耳朵听到的明明是噪音，怎么从摇滚歌手的嘴里唱出来就成了音乐，而且还有很多人喜欢，或许这就是隔行如隔山吧，就像程序员写的代码，在不明白人的眼中，是由数字和字母组成的‘奇文’。

来酒吧次数多了，陈旭发觉他逐渐喜欢上了摇滚乐，倒不是因为他现在懂得如何去欣赏它了，而是因为摇滚乐嘈杂的声响，重金属的风格以及撕心裂肺的呐喊，让他有一种堕落后的快感。

乐队表演完以后，酒吧里暂时恢复了平静。张朝洋和陈旭正好有机会聊聊天，他们相互碰了一下杯以后，张朝洋问道："陈旭，听说你和杨若依分手呢?"虽然张朝洋在和陈旭说话，可是他的眼神却停留对面坐着的一个美女的身上。

陈旭没有回答他的问题，只是把杯中酒一饮而尽。

张朝洋看到陈旭难过的表情，把心思也收了回来，劝陈旭道："哥们，你也不要太难过。其实这件事说起来也不算什么坏事，现在分手总比你们结婚后再分手强吧，你说是不是?"看到陈旭没有回答，就继续说道："陈旭，我跟你说，这谈恋爱嘛，找谁都可以。但是要说结婚，还是要找一个门当户对的。"

陈旭听了张朝洋的话，有点生气地说道："你的意思是说，我配不上杨若依?"

张朝洋见陈旭生气了，连忙解释道："哥们，我不是这个意思。这么跟你说吧，我的意思不是说你配不上杨若依，而是说以杨若依的条件，她选择的余地太多了。你明白我的意思吗?"

陈旭还是不太明白张朝洋的话问道:“张哥,照你的意思,爱情和婚姻是对立的?”

张朝洋笑道:“我也不是这个意思。打个比方说。这爱情就像小时候的理想,它帮助我们树立起对人生美好的期望。换一句话说,就是让你对人生不会产生绝望的想法。而婚姻嘛,就好比我们现在的工作,虽然没有理想那么伟大和崇高,但是它却能满足我们日常的生活需要。”

陈旭又问:“张哥,我大概能听明白你的意思。但是既然你说爱情是理想,而不是空想,那它就有实现的可能,难道不值得我们去追求吗?”

张朝洋无奈地笑了笑,答道:“哥们,看来你还没有走出失恋的阴影。今天不谈这个问题了,来,咱们喝酒。”他端起酒杯,和陈旭碰了一下,然后一饮而尽。

喝了几杯酒以后,张朝洋的话也多了起来,絮絮叨叨地说道:“我单身那会,总想着能早点结婚。当时不顾家人和朋友的劝诫,草草地就结婚了。现在回想起来,我当时连结婚的目的都没有想过,只是为了结婚而结婚。现在后悔又有什么用,自己种下的苦果还得自己尝。陈旭,我当你是哥们才和你说这些话。我告诉你,有些事父母的意见还是得听,尤其是那些你没有经历过的事。”

张朝洋又述说一些他婚后不愉快的事，陈旭只能在一旁不停地劝说。本来今天是陈旭心情郁闷，想找张朝洋出来倾述一下。没想到最后却变成了张朝洋倾述他的不愉快，而陈旭自己反倒成了安慰者的角色。

从酒吧出来，天色已经很晚了，陈旭叫了一辆出租车，把张朝洋送走了。等张朝洋走了以后，陈旭还不想马上回去，就顺着街道走着，突然被迎面而来的一个年轻人撞了一个踉跄，差一点跌倒在地。要是放在平时，遇上这种事情，陈旭本着“多一事不如少一事”的态度，一般都会自认倒霉，也就算了。可今天，他不知道从哪里来的勇气，朝着那个年轻人恶狠狠骂了一句：“怎么走路的，没长眼睛吗？”

那个年轻人其实也被陈旭撞得差点跌倒，听他这么一说，心中不禁怒火中烧，正想回骂一句，但是看到陈旭瞪来的凶狠的目光，不由得心里发虚，心里挣扎了一会儿，脸上露出一副欲骂又止的表情。年轻人挣扎了半天，最后还是悻悻地走了。

陈旭骂得时候挺解气，但是骂完以后就后怕了，眼前的这位年轻人，嘴里叼着烟，留着一头长发，头发也被染成金黄色，别看他个头比陈旭矮，但是明显比陈旭强壮得多。更让人心里发慌的是，那年轻人的脸上有一道足有拇指长的伤疤，在昏暗的路灯下，更显得恐怖。陈旭看到那位年轻人回瞪自己，吓得心里直哆嗦，正不知如何是好的时候，那位年轻人竟然一句话没说就走了。陈旭在原地愣了半天，方才回过神来，当他终于明白是怎么回事的时候，突然哈哈大笑起来，有一种小人得志后的快乐。

再过几天就要到情人节了，同事们私自下都议论着怎么过，陈旭却对此却没有什么兴趣，而且他一直对这种“特殊群体”的节日持反感的态度。西方国家不是一直崇尚“人人生而平等”吗，那么起源于西方的“情人节”、“母亲节”之类的节日，不知道对于那些没有情人和失去母亲的人，是不是意味着不公平？

情人节这天，陈旭本来可以正常下班的，可是当他们快要下班的时候，客户突然来了一个 Bug 需要对应，而 Bug 对应人小李晚上已经约好了和女朋友一起去看电影，所以他就过来求陈旭，让他帮忙解决一下。陈旭心想反正回去也没有什么事，毫不犹豫地答应了。问题看着挺容易解决起来却很麻烦，陈旭花了好几个小时方才解决它，回到家已经快半夜了。陈旭掏出钥匙小心翼翼地打开了房门，陈旭本以为柳青青这个时候可能早就睡着了，还担心这么晚回来会吵醒她，没想到开门以后却发现屋里灯光大亮，而且电视还开着，正在那儿轰隆隆地响着，屋里却不见柳青青的人影。陈旭疑惑了一下，急忙换鞋进了屋，四处张望了一下，才发现柳青青躺在沙发上睡着了。

柳青青被陈旭回来的声音吵醒了，她从沙发上坐了起来，揉了揉眼睛，睡眼惺忪地看着陈旭问道："陈旭哥，现在几点呢，你怎么才回来啊？"

陈旭边脱衣服边朝她这边走过来，答道："哦，我今天加班了。你怎么在沙发上睡着了？"

柳青青把身体坐直了，理了理睡乱的头发，说道："本来晚上想等你回来吃晚饭的，等着等着就睡着了。"

陈旭向饭厅那边望过去，只见餐桌上摆满了丰盛的晚餐，上面还摆放着一瓶葡萄酒和两根红蜡烛，看来她晚上着实费了不少工夫，桌上的饭菜一口没动，她到现在还没有吃晚饭?！陈旭有点自责又有点埋怨地说道："傻丫头，晚上做了饭，怎么也不提前打电话告诉我一声呢？"

听了陈旭的话，柳青青有点委屈地答道："我不是想给你个惊喜吗？况且你也没打电话告诉我说你今天晚上加班啊。"

经柳青青的提醒，陈旭才意识到确实是自己疏忽了，他本以为问题能很快解决，就没有给柳青青打电话，谁知道活一干就是好几个小时，他就把这件事忘了。他走过去，在柳青青身边坐下了，拍着她的肩膀说道：“青青，是我不对。你大人不计小人过，就不要生气了。”柳青青低着头，没有回答他。陈旭看柳青青没有动静，就低下头把脸凑到她脸的下面想逗她一下，没想到她却哭了，他一下子愣住了，不知道该怎么办才好。

柳青青把头抬了起来，擦了擦眼泪，然后转过身一脸严肃地看着陈旭，说道：“陈旭哥，我想让你告诉我实话，你到底爱不爱我？”

陈旭被柳青青的架势震慑住了，他到现在为止还从来没有见她这么严肃过，有点答非所问地说道：“青青，你怎么会突然想起来问这个？”

柳青青坚毅的目光只坚持了几秒，就变得柔和下来，她哽咽地说道：“我在美国的时候，曾经交了一个男朋友。虽然他当时也很爱我，但是最终还是抛弃了我。如果陈旭哥再不要我的话，我真不知道自己是否还能活下去。”说着说着，她不由得放声恸哭起来。

看到柳青青痛苦的样子，陈旭心中突然产生一种很复杂的感觉——自责？同情？还是同命相怜？也许全都有，他轻轻地搂住柳青青，替她擦掉脸颊上的泪水，安慰她道：“傻瓜，我怎么可能会抛弃你了。”然后紧紧地抱住了她。

# 24

从去年开始，陈旭大学时候同寝室的同学都陆陆续续结了婚，算下来就剩陈旭和郝彦还单着身，不过从今年五一以后，未婚者就只剩陈旭了。

前不久，陈旭收到一封从上海寄来的信件，当部门秘书把信转交给他的时候，还疑惑是不是有人邮错了，拆开来一看，才知道是郝彦的结婚请柬，请柬上邀请陈旭和杨若依五一的时候参加他的婚礼，新娘一栏赫然写着夏雨欣的名字。这虽然在陈旭的意料之中，但他仍然有一种失落感，只是陈旭没有料到，这种失落感会是这么的强烈。虽然当初陈旭和夏雨欣的感情也不是很深，而且和她分手的事已经过去很久了，但说起来她毕竟是陈旭的初恋，而且他又刚和杨若依分手不久，所以心里产生这种强烈的失落感也就不难理解了。

本来陈旭已经把和杨若依分手这件事慢慢淡忘了，经郝彦的提醒，又勾起了他的回忆。往昔和杨若依相处的画面又重新在陈旭的脑海中不断地涌现出来。陈旭想，如果不是杨若依突然提出要分手，他们现在可能也已经结婚了，此时可以一起快快乐乐地去参加郝彦的婚礼。而现在他还不得不向郝彦解释，只能孤身一人去参加自己初恋情人和自己好朋友的婚礼，心中不免怨恨起杨若依。

陈旭现在还不想把他和杨若依分手的事告诉郝彦，就打电话说杨若依有事不能去了，让他不要介意，郝彦在电话里告诉他说他能去自己已经很高兴，让陈旭到上海以后给他打电话，好上机场接他。

五一这天，陈旭准时登上了飞往上海的飞机，下午16点55分，飞机稳稳地降落在浦东机场的跑道上。这是陈旭毕业以后第二次踏上上海这块熟悉的土地，虽然第一次坐的是火车，但是陈旭当时一点没觉得辛苦，反而这次乘飞机的几个小时的旅程，却让他疲惫不堪。在机场候机大厅里，陈旭远远地就看见了等候他多时的郝彦，和他们大学时期的班长兼寝室长刘冰。

老同学见了面当然免不了一顿寒暄，郝彦还是老样子，依旧神采奕奕，加上即将结婚的喜悦，更是意气风发。倒是班长刘冰变化挺大，自从去年结婚以后，他的肚子就像怀了孕的女人，一天比一天大，同学们都调侃他道：你老婆没怀上，倒是你迫不及待想当爸爸了。

在郝彦去停车场开车的间隙，陈旭从刘冰的口中得知，郝彦现在算是春风得意了。他告诉陈旭说，郝彦现在已经被提拔为他们公司东北区的经理，不仅在上海买了房子，实现了普通上海人三代人才能实现的梦想，而且还拥有了私家车，是他们同学中混得最好的一个，最后他还感叹了一句，人真的不可貌相啊。

班长得出这个结论是有根据的。郝彦上大学的时候，用一句成语来概况就是：不务正业，当别的同学谋划着周末如何玩得更高兴的时候，他跑到科技城去卖电脑。当别的同学都抱着数据结构、操作系统之类的专业课书本死啃的时候，他报名参加学校组织的校园辩论赛。因此，他大学的时候挂了好几门课，差一点没能毕业，可没想到毕业以后就短短几年，他就已经被提拔为区域经理了。

在前往酒店的路上，刘冰对陈旭说道："陈旭啊，你什么时候举办婚礼啊？咱们寝室里可就差你还没结婚了。"

陈旭没有料到刘冰会问到这个问题，一时间不知道该如何回答，只能笑道："班长，我都没急，你急啥？"

郝彦看到陈旭的脸色不太好看，就在一旁附和道："是啊，班长，皇帝不急，你倒急起来了。"

刘冰对郝彦说道：“你是看过他女朋友，当然不急了。我可是着急看新娘子长啥样子了。”他并没注意到陈旭变得难看的脸色，又转过头对陈旭说道：“陈旭，你也真沉得住气，说起来，咱们寝室里第一个有对象的是你，而最后结婚的人也是你。”说完才想起陈旭大学时候的女朋友是夏雨欣，赶忙转移话题说道：“不说这事了，你看我们也挺长时间没见面，婚礼上咱们一定要喝个痛快。”

婚礼安排在第二天，地点定在一家五星级酒店。婚礼准时开始。在悠扬的婚礼进行曲中，新娘夏雨欣挽着新郎郝彦的胳膊，在大家的注目下，沿着红色的地毯缓缓地走进了大厅。今天夏雨欣穿了一件洁白雅致的婚纱，手臂上戴着白色长手套。婚纱设计简洁大方，低领、露肩、腰身窄小，正好凸显出了新娘苗条的身材，一看就是请了专业的裁缝量身订做的。整条裙子没有过多繁复的修饰，看上去优雅而又不失时尚。地毯两边的亲朋好友都把预先准备的玫瑰花瓣抛向了这对新人，表示对他们的祝福。

主婚人致词后，新郎和新娘交换了戒指，此时场边响起了赵咏华的《最浪漫的事》，在抒情的音乐下，新郎拥吻了新娘。如果说女人一生中最美的时候是她穿上婚纱的那一刻，那么女人一生最幸福的时候，就是在婚礼上被心爱的人拥吻的那一刻。

杨若依穿上婚纱会是什么样子？那一定是世界上最美丽的新娘，每次想到杨若依，陈旭都会有一种说不出的感觉，这是和夏雨欣分手时不曾体会到的感觉，小时候最疼他的奶奶去世时也不曾体会，就好像心中被插了一把尖刀，动一下都会传来撕心裂肺的疼痛感。虽然分手已成定局，但陈旭还是幻想有那么一天，杨若依会突然出现在他面前，跟他说分手其实是骗他的，只是想和他开个玩笑。

婚礼还在继续，接下来由新郎新娘的父母发言，然后是证婚人上台发言，说得全是祝福新人的话，最后是新郎新娘的大学同学代表上台发言，班长刘冰自然是这个代表的不二人选。只见他在大家的注目下走上了讲台，清了清嗓子，然后才说道："首先做个自我介绍，我是新郎新娘大学时期的班长兼寝室长，当然是新郎寝室的寝室长。"台下的来宾都被他这句多余的解释逗笑了。

刘冰接着说道："上大学的时候，第一个陪新郎上网吧通宵的人是我，第一个晚上关起门来陪新郎看电影的人也是我。今天，第一个陪新郎入洞房的人是……"说到这他故意顿了顿才继续说道："当然是新娘。"台下的众人又是有一阵大笑，陈旭的同学更是笑得人仰马翻。

刘冰见大家笑得差不多了，又继续说道："说到新娘，那可是我们班的班花。当时我们班有好多人都曾暗恋过她。如果新郎以后胆敢欺负新娘的话，我们全班人都不会答应，同学们，你们说是不是？"同学们一致喊"是"表示赞同。刘冰接着说道："最后祝新郎和新娘能够白头偕老，永浴爱河，也希望我们能早日当上叔叔和阿姨。"

接下来婚礼酒席正式开始。陈旭大学的同学一桌，因为都是同学，所以大家都喝得比较尽兴。夏雨欣这时也换了一件红色旗袍，陪新郎依次到各个酒桌前敬酒，轮到陈旭他们这桌了，班长刘冰一点也没客气，亲自起来把郝彦的酒杯倒得满满的，逼着他把整杯的白酒都干了。

酒席结束以后，同学们拥着新郎郝彦和新娘夏雨欣入了洞房。洞房就设在酒店的一间客房里，里面布置得虽很简单，却不失喜庆，满屋的喜庆红让人血脉喷张。郝彦今天虽然酒喝得不是很多，但是累了一整天，到了新房后就坐在床上休息。

待大家都到齐了以后，班长刘冰说话了："大家安静一下，我先说几句。首先我说明一下我们今天闹洞房的原则：尽兴而不低俗，创新而不下流。什么'探囊取物'，'敲锣打鼓'或者'吃吊苹果'之类的游戏就免了，我们今天要玩出我们自己的风格出来，大家说好不好？"同学们一致欢呼表示赞成。

刘冰不知道从什么地方拿出一瓶香槟和两个酒杯，他把酒瓶子对着大家晃了晃，笑着说道：“虽说这个比较老套，却最能助兴。下面有请新郎新娘喝交杯酒。”说完他把香槟启开，把两个酒杯都倒满了，看来他今天酒有点喝多了，酒倒撒了一地，同学们却都鼓掌示好。倒完酒后，刘冰更是直接把郝彦从床上拽了起来，说道：“你小子别在这儿装了，赶快起来喝吧，后面还有很多节目呢。”

郝彦没有办法，只能从床来站了起来，对刘冰说道：“班长，我看你今天是有备而来啊。”

刘冰笑道：“郝彦，你可能忘了你在我婚礼上是怎么捉弄我的吧？这叫‘君子报仇，十年不晚’。”

郝彦端起酒杯说道：“好，那我今天就奉陪到底，看你能玩出什么花样出来。”刘冰把另一杯酒递给夏雨欣，郝彦把端着酒杯的手从夏雨欣的臂弯里穿过，两人同时把酒杯端到嘴边一饮而尽，同学都热烈地鼓起掌来。

刘冰又把酒杯满上了，说道：“这个不行，你们得喝‘大交杯酒’，大家说，是不是?”同学们当然一致赞同。所谓的‘大交杯酒’，就是要求两个人抱在一起，然后端酒杯的手臂要绕过双方的脖子再把酒杯放在嘴边喝，显然这种喝法的难度系数相当高。

郝彦今天抱着豁出去的态度，也没怎么推脱，又和夏雨欣喝了“大交杯酒”。因为郝彦和夏雨欣身材都比较高，而且胳膊也比较长，难度系数颇高的“大交杯酒”，他们轻而易举地就完成了。等他们喝完“大交杯酒”以后，同学们更是一阵热烈的掌声。

虽然在场的都是老同学，但夏雨欣还是觉得有点不好意思，一直低着头什么人也不敢看。不知道是因为喝酒，还是因为害羞的缘故，她的脸红得如同熟透了的水蜜桃。

刘冰也跟着众人鼓着掌喊道：“够爽快！不知道下面这个游戏你完成得如何？”说着从裤兜里掏出一个纸片来，对郝彦说道：“你照着这个上面写的对着夏雨欣大声念。”有人拿过纸条一看，都哄堂大笑起来，夏雨欣更是笑得眼泪都出来了。只见纸条上写道：“老婆，你知道一个多月没见，我是多么想你吗？每当我在饭店吃到‘红烧凤爪’的时候，我就想起你的纤纤素手。你的手是那么的柔软，我恨不得现在就回到家捧起你的双手狠狠地亲上一口，也比现在一个人孤零零地在外地啃这鸡爪强。老婆，你知道吗？我一个人在外地是多么孤单吗？虽然KTV里的小姐一个个都长得如花似玉，但是在我的眼里，你才是最美丽的。我多么地期望能早点回家抱抱你，就算闻你的脚臭味，也比在这里忍受那些小姐身上劣质香水的味道强。老婆，我真是想死你了，不知道你现在是否想我？”

郝彦接过纸条一看，也忍不住大笑起来，对刘冰说道：“班长，看来你今天为了对付我，真是煞费苦心啊。”

刘冰答道：“那是必须的，古人云：‘来而不往非礼也’，是不，陈旭？”刘冰看站在一旁的陈旭沉默不语，就故意让他搭话，好让他也参与进来。

陈旭从进入新房以后就一直默默地站在人群里，听到班长的声音，先是一愣，等听清楚他的话以后，连忙附和道：“是啊，郝彦，你就从了班长吧。”

郝彦听完哈哈大笑起来，说道：“好吧，我今天就豁出去了。”然后照着纸条上的内容对着夏雨欣一字一句念了出来。郝彦这小子这几年销售果真没白做，一段话念得是惟妙惟肖、妙趣横生，念的时候，还时不时配合几个表情动作，更是把现场的气氛推向了高潮。而此时的陈旭，像个群众演员立在一边，静静地观看着众人的表演，仿佛眼前发生的一切都与他无关。他心里想，这注定是一场别人的盛事，只能给自己带来痛苦，那么自己为什么还来参加这场婚礼？难道仅仅是同学之谊吗？陈旭自己也说不清楚。

# 25

生活就仿佛是一潭死水，微风吹不起半点涟漪，只是偶尔会有一两块石头投掷其中，荡起些许的浪花。

凌晨 6 点钟左右，陈旭家里，陈旭妈像往常一样早晨起来后上厕所。当她方便完以后准备起身的时候，突然感觉天旋地转眼前一黑，然后就倒在地上不省人事。

屋外，天虽刚微亮，马路已经有不少的车辆。沿街的店铺也都已经开了门，店主们都在紧张地忙碌着，正在准备早点迎接即将而来的客人。屋内，视线比较昏暗，陈旭的父亲此时还在睡梦之中。

大概过了半个小时后，陈旭的父亲终于从睡梦中醒来。他从床上起来，发现今天屋里比平时安静许多，少了从厨房里传来的锅碗瓢盆碰撞的声音，也没有疑心，只是慢腾腾地穿好衣服来到了客厅。在沙发坐了一会儿，陈旭的父亲也没有看见陈旭妈，心里还想老伴今天去哪儿呢，然后到厕所方便去，这才发现昏迷后躺在厕所里的陈旭妈。此时她意识模糊，口眼歪斜，不能说话，口里还不断地流着口水。陈旭的父亲被这场景吓坏了，连忙拨通了120急救电话。救护车很快就到了，因为还没到上班时间的高峰期，救护车一路上还算比较顺利地把陈旭妈送到了急救室。

经过医生初步的诊断，陈旭妈的病情属于脑中风，需要立即抢救治疗，负责治疗的医生告诉陈旭的父亲说虽然病人送来得很及时，但是他们也不能保证一定能抢救过来，让他做好思想准备。

听了医生的话，陈旭的父亲当时差点没昏了过去。他紧紧地握住了医生的手，双手因为紧张而控制不住地哆嗦着。一个年过半百饱经风霜的老人，几乎用着哀求的语调，对着眼前这个才30出头意气风发的医生说道：请您一定要想办法救救我的老伴。那个医生仿佛已经见惯了这种场面，只是面无表情地答道：我们一定会尽力的，然后急匆匆地走进了急救室。语气冰冷得如同手术刀刚插进身体的瞬间，没有丝毫的怜悯。

医院的走廊里，人来人往，熙攘的如同闹市，这里每天都上演着悲欢离合的故事。每个被送进来的人，都如同被送上了审判台一样，只能被动地接受着命运对自己的审判。而医生，间接充当了审判长的角色，向病人宣告着命运审判的结果。

陈旭的父亲一个人呆坐在急症室外的长椅上，面如死灰。对于老伴的病情，他一点预期也没有。他实在想不明白，昨天还好好的一个人，怎么今天说不行就不行呢？陈旭父亲的世界仿佛一下了塌陷了，压得他喘不上气来。过了半晌，才想起来给陈旭打电话。

今天上午，陈旭像往常一样，早起、洗漱、吃早餐、挤公交、上班、工作，如果没有接到父亲的电话，他可能会因为赶不上公交车而郁闷，也可能会因为解决了一个难题而沾沾自喜。父亲来电话的时候，他还在为一个问题的解决方式和同事争论不休。听到手机的铃声，陈旭暂停了讨论，从电话那头传来父亲苍老的声音："你妈快不行了。"紧接着一阵沉默。陈旭当时像突遭雷击一样，霎时成了泥塑木雕。过了半晌，才回过神来。他坐回自己的座位，耳朵里嗡嗡作响，像一颗炮弹刚在他身边爆炸一样，心更是堵得难受，连动一下手指头的力量都没有了。

此时同事们依然在紧张地忙碌着，机箱发出的"嗡嗡"声以及敲击键盘发出的"啪啪"声不绝于耳，办公室里的一切场景都和以前一样，但陈旭感觉自己仿佛已经和这个世界隔绝了，每个人在他眼里都变成了一个符号，没有任何感情。又过了半晌，他这才想起来要立刻回家，连忙到网上订了飞机票，又向领导请了几天假，急匆匆地走了。

去机场的路上，陈旭想起来还没有把自己回家的决定告诉柳青青，就打电话说自己临时有事，得回家几天，让她这几天自己照顾好自己。柳青青在电话那头问他家出了什么事，陈旭含糊其辞，只是说他有点急事，办完事后马上就回来，让她不要担心。柳青青也没追问，让他路上注意安全，可放下电话，心里却紧张起来，虽然陈旭说没有什么事，可听声音一定是家里出了什么大事。她越想越不对劲，下午也向领导请了假，紧跟其后回到了南京。

陈旭下了飞机马不停蹄地赶往医院，在病房里，陈旭看到满脸憔悴的父亲和躺在病床上的母亲，父亲正在用汤勺喂水给母亲喝，可是水到了母亲的嘴里都顺着嘴角流了出来，结果喂了半天，也没有喝下几口。父亲看到陈旭来了，稍微没有注意手里的汤勺，喂水的力量大了，引起母亲剧烈地咳嗽，把刚才好不容易喝下的水又呛了出来。

陈旭连忙跑过去，俯在母亲的床头，握住母亲的手，叫了一句："妈"。妈妈现在虽然醒了过来，但四肢还不能移动，也不能说话。她听到陈旭的声音却把眼睛闭上了，显然是不想看到陈旭。陈旭很意外，又喊了一声：“妈，我是陈旭啊。”妈妈依然闭着眼睛，父亲在一边劝道：“陈旭啊，你妈病情刚稳定下来，现在心情还不是太好，可能不愿见你。过几天就好了，你暂时不要刺激她。”陈旭没办法，只好把母亲的手重新放回被子了，替她把被子盖好了，就走出了病房。

听到儿子出去的脚步声，陈旭妈缓缓地睁开了眼睛，两行浊泪从眼眶里溢出来。她何尝不想看儿子一眼，但是她现在半死不活的样子，又该如何面对儿子？她下定决心，如果哪天自己真瘫痪了，一定不能拖累儿子。

陈旭找到了母亲的主治医生，向他询问了病情。那医生告诉他说母亲的命虽然现在保住了，但很有可能留下后遗症，而且这种病复发的可能性非常大，如果“二次中风”，那危险性就更大了。陈旭急忙问都有什么后遗症，那医生说，主要是偏瘫、语言障碍和痴呆，也有可能出现死亡，当然那是最坏的情况了。然后他接着说，家属也不要太担心，我们会积极的治疗，争取避免后遗症的发生。

从医生的房间出来以后，陈旭在走廊一侧的椅子上坐下了。他从口袋里掏出一支烟，点燃后狠狠地吸了一口，把头靠在背后的墙上闭上了眼睛。人在这个世界上活着，多一个不多，少一个不少，但在你的世界里，多一个人或许不算多，但是少一个就永远失去了。陈旭心想，如果母亲有什么意外，自己真不知道该如何活下去，他下定决心，无论如何也要治好母亲的病，哪怕是让他去死也心甘情愿。

这边，柳青青也已经回到了家里，当她从她母亲的口中得知陈旭母亲中风住院的消息后，一刻也没有停留直接打车去了医院。到了住院处，在一楼前台处打听到陈旭母亲住院的房间后，就直奔这里而来。在走廊里，她看见了正一个人默默坐在椅子上的陈旭。

陈旭也看到柳青青，没有说话，眼神里写满了悲伤和无助。柳青青慢慢地走到陈旭的面前在他身边坐下，她把头偎依在陈旭的肩膀上，安慰他道："陈旭哥，别担心，阿姨一定会没事的。"陈旭一开始还能控制住自己的情绪，这时被柳青青一说，眼泪夺眶而出。他紧紧地搂着她，嘴里喃喃地说道："青青，我该怎么办？我该怎么办？"

因为陈旭妈生活不能自理，身边随时需要人照顾，陈旭就和父亲相互倒班来医院，柳青青也一直陪着陈旭，有些事情陈旭不好做，都由她帮着做，她就像是陈旭妈的亲生女儿似的，全无嫌弃之色地给她接大小便、擦身。

陈旭觉得过意不去，就对柳青青说她完全没有必要去做这些事情，柳青青回答说自己是陈旭妈的干女儿，就算没有陈旭哥，做这些也是应该的。

过了几天，陈旭妈的病情突然变得严重了，已经失去意识了。医生也束手无策，说陈旭妈能不能醒过来就看她的运气了。

这天晚上，陈旭像往常一样来换父亲的班，当他走进病房的时候，隐约听见从病房传来一些细碎的声音，像是父亲的哽咽之声。陈旭大吃一惊，慢慢地走到门前，看见父亲正坐在母亲的床前，双手握着母亲的手说道："素琴，我知道这些年委屈你了。自从陈旭妈难产死后，你不嫌弃他，把他当作亲儿子看待。本来我们还可以申请再生一个孩子的，可是你为了陈旭，坚决不要孩子。我们老陈家对不住你啊。素琴，你快醒醒吧，如果你一撒手走了，我该怎么办啊。"

陈旭一下子呆住了，不敢相信自己听到的事实是真的。父亲口中的'自己的亲妈'是谁？难道自己还有另外一个妈？那么床上躺着的又是谁？陈旭满脑子的疑问。父亲显然也注意到陈旭，他擦了擦眼泪，起身向陈旭走来。父子俩在外面走廊里找了个椅子坐下了，父亲讲述了这个对他隐瞒了二十几年的秘密。

时间退回到二十八年前一个深冬的晚上，那天，天空中正下着鹅毛般的大雪。南京鼓楼区一家医院急诊室的值班室里，值班员正打着瞌睡，突然被一片嘈杂的脚步声给吵醒了，他下意识地知道又有新病人来了，急忙迎了出去。从门外走进来一男两女，三个人身上都落满了雪花，男人身上背着一个孕妇，应该是他媳妇，已经破水了，两腿之间的棉裤湿了一大片，看样子马上就要生了，旁边的女人应该是那孕妇的婆婆，手里拎着一个包，正焦急不安地跟在那名男子的身后。

值班人员马上把孕妇送进了待产室。负责接待的当值医生是个年轻女子，看样子刚工作不久，经过一番详细的检查后，她确认孕妇马上就要临产，直接把她送进了分娩室。分娩室内，医生和护士正紧张地进行分娩前的准备工作，分娩室外，孕妇的丈夫和婆婆满怀期待地守候着。

时间在不知不觉中过去了，东方早已露出了鱼肚白，但产房里只听见产妇撕心裂肺的喊叫声，却迟迟没有婴儿的哭叫声传来。产房外的走廊里，丈夫的神情也已经由期待变为焦虑，他不停地向助产护士打听里面的情况，得到的回复是，产妇盆骨狭窄，胎儿个头又太大，胎位还不正，导致难产！可能要进行剖腹产。又过了一会儿，里面的护士告诉他，婴儿的头已经出来了，不需要剖腹产。终于，一声婴儿响亮的啼哭从产房里传来，母子平安，所有人都松了一口气。

产妇的丈夫和婆婆急忙走进了产房，护士把刚出生的婴儿抱给他们看，是个白白胖胖的小子。那名刚当上爸爸的男子走到躺在床上的妻子旁边，默默地看着她，眼睛里充满了感激之情。过了一会儿，他发现妻子的脸色逐渐变白，急忙叫来医生。医生马上进行检查，是产后大出血。可能因为她以前没有处理过这种情况，一下子慌了，不知道该怎么办。过了一会儿，她才想起来叫人去喊科室的主任。

时间在一点一点地流逝，产妇出血量也越来越大，鲜血已经染红了整个床单。产妇的丈夫紧紧地握住她的手，不停地在她的耳边安慰她，而医生和护士，正手足无措地拿纱布去揩那不断涌出的鲜血。

科室主任的家就在医院里，可从这到他家来回一趟也需要半个小时。等他终于赶到的时候，产妇因为出血量太大，已经不行了。她的丈夫抱着她的尸体整整哭了一上午，到最后嗓子都哭哑了，在场所有的医生和护士无不为之动容，全都感动地流泪了。那名男子就是陈旭的父亲，而陈旭现在的后妈是其中一位护士。

父亲对陈旭说道：“你亲生母亲身体一直不好，为了给她治病，家里的钱全花光了。你妈，不对，是你张阿姨，当时还是个姑娘家，不顾家人的反对，毅然地嫁给了我。”说到这儿父亲已经泪流满面，哽咽住了。

也许是上天的垂怜，在家人的悉心照顾下，陈旭妈居然神奇般苏醒了过来。一个月后，她已经可以出院了，没有留下后遗症。虽然她现在说话和行走没有以前灵活，但生活基本上可以自理。

虽然妈妈的病已经差不多快好了，但陈旭还是不放心，继续留在家里照顾她，妈妈几次催促他回去工作，陈旭都找理由搪塞过去。他每天都变着法子逗他母亲高兴，一点也不觉得累，因为陈旭心里明白，他是在为自己赎罪。

时间一天天过去，妈妈的身体也一天好过一天，可有件事却一直搁在她的心里，那就是陈旭和柳青青的婚事。在她生病的时候，虽然不能言语，但意识是清醒的，她知道柳青青为她做的一切，也知道陈旭最烦她唠叨关于他们的婚事，现在是最好的机会，就对陈旭说道：“陈旭，你要真心为妈着想，就赶快结婚吧。妈还等着抱孙子呢。虽然妈这次醒了过来，但说不定什么时候一闭眼就过去了。”

妈妈说这话的时候，陈旭正在客厅里拖地，他放下手中的拖把，有点生气地对母亲说道：“妈，不许说这种话，你一定会长命百岁的。”

妈妈听完后微微一笑，说道：“儿子，妈也不要什么长命百岁，只要能看到你成家立业，就心满意足了。妈跟你说，青青是个好孩子，我们两家很早以前就是邻居，知根知底，妈还能看走眼。你如果能娶她，那是你的福分。”

妈妈以为陈旭还会找故拖延，没想到他一口答应了，陈旭说等她身体的状况再稍微好一点，找个合适的时间，就和柳青青完婚。

听到陈旭的答复，妈妈喜笑颜开，从那以后，她脸上整天挂着笑容，身体也恢复得很快。过了一段时间，妈妈逼着陈旭回去工作，她说自己的身体已经恢复得差不多了，还说家里有父亲照顾，让陈旭回去放心工作。

因为妈妈的身体状况好多了，自己也已经请了一个多月的假，再不回去的话，工作就可能丢了，陈旭又在家待了几天，就回滨城了。

# 26

由太平洋彼岸国家次贷危机引起的金融风暴愈演愈烈，开始像传染病一样迅速向其他国家和地区蔓延，现在已经演变为全球性的金融危机。随着危机的蔓延，全球经济陷入了恐慌，金融、汽车、钢铁等各个行业纷纷进入了不景气的状态，裁员和破产的消息更是如雨后春笋一般不断涌现，各国失业率纷纷大增。皮之不存，毛将焉附？作为服务行业的IT业也不能独善其身，深深感受到了唇亡带来的齿寒，各大IT企业纷纷裁员降薪，削减开支以应对金融危机的影响。

有专家估计，国内的IT企业全球化程度一般都不高，相对来说受全球金融危机的影响较小。这就好比一个穷人连吃饭都成问题，当然也就没有“富贵病”的烦恼了，又好比这个穷人，本来也没有什么资产，所以也就更没有破产的担忧了。所以国内的IT人都庆幸自己生活在国内，用一种隔岸观火的目光看待这次全球金融危机。但是专家们和国人都忽略了一个事实，那就是人人都得吃饭，发生经济危机，富人们由原来的三餐都吃肉改成一餐吃肉，穷人则只能饿肚皮了。

虽然滨城的天气逐渐开始转暖，但对于身处裁员风暴中的IT人而言，却感受到经济严冬带来的阵阵寒意。滨城是个外向型的城市，说得更时髦些叫国际化的城市，改革开放初期叫“沿海开放城市”，是专门方便和外国人做贸易打交道的地方。此次滨城受危机影响最大的当然属于那些在华的外企，其次就为这些外国企业提供服务的外包型企业。这些企业倒闭的倒闭，没倒闭的也元气大伤，纷纷裁员削减开支以自保，平时在这些外企工作的中国人，因为拿着比在国内企业多的薪水，而且是为外国人工作，理所当然地自认为高人一等而趾高气扬，这时也纷纷低下了高贵的头颅，开始向国内企业递交了简历，他们现在终于明白一个道理：旅馆再好也是别人的。

陈旭所在的锐志，因业务比较综合，此次受危机的影响不大，而且国家对经济危机很重视，锐志又是国内软件行业的标志性企业，所以老总早在年前就发话了：我对锐志充满了信心，也对中国的软件产业充满了信心。这句话仿佛阴天里出现的一缕阳光，给危机中的中国软件业注入了一针强心剂，也使国人更加相信外国人民都生活在水深火热之中，风景还是这边独好的事实。

虽然公司还没有裁员，但员工们已经深深感觉到经济危机对他们的影响了。为了节约成本，平时公司免费提供的咖啡现在也不供应了；平常就算办公室里没人也会一直开着的空调现在也成了员工们“望梅止渴”的摆设。当然，部门活动基本全部取消，加薪更像过了气的明星，再也没有人提起。

虽然这次危机对公司影响不大，但是对于陈旭所在的项目组的影响却是致命的，因为他们的客户在这次金融危机中倒闭了。如果说只是这期项目没了，他们的客户还在，起码能给人项目组起死回生的念想，现在可好，直接断了这种可能，项目组也就直接解散了，陈旭也一下子由项目组长变成了“待业青年”。

命运似乎总是喜欢和陈旭开玩笑，按照正常的职业发展轨迹，也许用不上几年，陈旭就可以提拔成项目经理，可是突如其来的金融危机，把这种可能性扼杀在萌芽中，让陈旭又回到了职业生涯的初始状态，还好他现在的心理承受能力已经大大增强，要不然他可能会扼住自己的喉咙威胁命运道：你再和我开玩笑，我就死给你看。

这一个月来，陈旭每天也按时上下班，但是上班以后却不知道干什么，整天就是看看文档，发发邮件，顺便温习一下如何上网。一开始项目经理还组织大家一起学习，但是自从他被调到其他部门后，再也没有人过来给他分配任务了，陈旭也彻底“解放”了，翻身成了自己的主人。

以前忙的时候，陈旭总希望自己能闲下来，现在清闲了，他反而有点心慌。

前些天，张朝洋打电话过来说他失业了，让陈旭推荐一下看他能否再回原来的项目组，语气甚是焦虑。陈旭告诉他原来的项目组已经解散了，他现在也没有项目可做。张朝洋“哦”了一声就挂断了电话，陈旭本来还想和他多聊一会，问他现状如何，以后有什么打算，没想到他这么快就挂断了，也不好再打回去，就算了。

虽然公司到现在还没有裁员，但也没有做出不裁员的承诺，公司里除了挺着大肚子的孕妇可以若无其事地出去溜达之外，其他员工都不想裁员的命运降临到自己的头上，所以就算手头的工作不忙，也要装作一副认真勤奋的样子，连上厕所的时间能省也省了。同事们碰面时的问候语也变成了：“最近忙吗？”办公室里笼罩在一种“山雨欲来风满楼”气氛。陈旭一开始亦有如芒在背的感觉，但想到自己所在的项目组已经解散了，自己连伪装的机会都没有了，还装个啥，索性该干什么干什么，反而活得比较自在。

有时候一赌气，陈旭真想辞职不干了，但是想到自己辞职后也不一定能过得快乐，况且现在经济危机，工作也不好找，而待在现在的公司，虽然坐着难受，但起码工资是按时发的，就像食堂里的饭菜，虽然难以下咽，但是吃完以后至少能保证肚子不饿。陈旭最后决定还是老实地待在原来的公司。

这个周末，张朝洋找陈旭出去喝酒，两人在酒吧见了面。张朝洋看上去精神不太好，满脸的落魄。

两人各要了一瓶啤酒，干了一杯以后，陈旭问道："张哥，你最近工作找得如何？"

张朝洋摆了摆手，说道："还是老样子。应聘的职位，不是岗位不合适，就是薪水特别低。我前几天应聘了一家公司，竟然让我去做测试，而且薪水还不及以前的一半。更让人来气的是，那应聘的人还一副高高在上的样子。我呸，还真以为我是待处理的商品，没人要似的啊。"张朝洋虽然说得很激动，但是语气里隐隐约约透出一丝无奈。

陈旭劝道："张哥，人在屋檐下，不得不低头。现在是非常时期，能找到一份工作已经很不错了。"

张朝洋叹了一口气，答道："想当初，我跳槽成功了，还高兴了一阵了。现在看来，算掉坑里了。"

陈旭说道："张哥，你也不用太悲观。凭你的实力，还怕找不到一个好的工作。"

张朝洋把酒杯举了起来，和陈旭碰完杯后说道："不谈这个话题了。"然后把酒一饮而尽。两个人边聊天边喝酒。陈旭又说了一些安慰张朝洋的话，不知不觉他们已经喝了好几瓶酒。陈旭看张朝洋似乎有点喝醉了，就对他说道："张哥，你看咱们今天已经喝了很多酒了，就到此为此吧。免得你回去以后，你老婆又要说你。"有了上次的教训，陈旭每次和张朝洋喝酒，都点到为止。

张朝洋摆出一副不在乎的架式，没头没脑地对陈旭说道："我现在算把女人看透了。有些女人，生在一个并不富裕的家庭，她没有抱怨。但是嫁了一个没有钱的老公，却整天发牢骚。陈旭，你知道为什么吗?"陈旭摇摇头，表示不知道。

张朝洋说道："因为生在贫困的家庭，她觉得那是她的命，无法改变。但是嫁个一个没钱的老公，她觉得那是她的运气问题。如果不嫁给你，她现在很可能已经成为百万富翁的夫人了。"

张朝洋的话似乎深深地触动了陈旭，他把杯中的酒一饮而尽，说道："我现在也已经不对女人抱有幻想了。你就说杨若依吧，我对她那么好，就差点没把心掏出来给她，一句'我很抱歉'，然后就像甩个鼻涕似的把我给甩了。以前还想着什么'执子之手，与子偕老'，真幼稚。"

张朝洋把头凑到陈旭的面前，说道："陈旭，我跟你说，这男人啊，什么都可以没有，就是不能没有钱。你知道谁是 21 世纪中国女孩心目中最可爱的人？有钱人。"

又喝了几瓶酒后，张朝洋的精神似乎很沮丧，他说道："陈旭，你说人活着怎么这么遭罪呢？如果活着就是为受罪的话，还有何意义？难道仅仅是等待死亡的来临吗？我感觉自己以前就像一头拉磨的驴，被蒙着眼睛，整天围着磨转。而现在，我连磨也没得拉了，变成了一头彻头彻底的野驴了。"

陈旭拍了一下桌子，大声附和道："张哥，你说得太有道理了。有时候，我也感觉自己就是行尸走肉，整天混日子，如果不是因为父母的话，我真找不出自己还有什么活下去的理由。"

最后，张朝洋感叹了一句："故人生者，如钟表之摆，实往复于痛苦与厌倦之间者也。"

两个人当天晚上总共喝了十几瓶啤酒，从酒吧出来的时候，都已经有点神志不清了，走路摇摇晃晃的。在向马路走去的时候，陈旭看到前面地上有个易拉罐，心里突然产生踢上一脚的冲动。他冲过去，做了一个很精彩的射门动作，易拉罐没有动，而他却脚下一滑，一屁股跌坐在地下了。张朝洋连忙过来扶他起来，一边扶还一边说道："哥们，你怎么踩香蕉皮上了。"

他们摇摇晃晃来到了马路边，各自叫了一辆出租车回自己住处了，可让人意想不到的是，这次普普通通的分手竟然成了他们的生死离别。

几天后，陈旭从同事的口中得知，张朝洋出车祸死了。当听到这个消息，陈旭正在喝汤，一下子被呛到了，猛地咳了起来，急忙问事情发生的经过。那位同事告诉他说，前几天晚上，张朝洋和一个朋友到酒吧喝酒，喝完酒以后，他就打车回家。等车到了地方，张朝洋从出租车左边的门下车，正好被一辆迎面而来的轿车撞倒了，就在他家小区前面的马路上。轿车的司机赶忙把他送往医院，可是人没到医院就已经咽气了。陈旭一算时间，正好是前几天他俩在酒吧喝酒的时间，他的心如刀绞，有点反胃，说不出的难受。

那几天，陈旭一直处于深深的自责之中，对于张朝洋的死，陈旭认为他是负有一定的责任的，如果那天没有喝那么多酒，张朝洋就不会走错车门，如果他没有走错车门，那他一定不会出车祸。

张朝洋出殡那天，天灰蒙蒙的，淅淅沥沥下着小雨。张朝洋的老婆穿着一身素色的丧服，在现场哭成了泪人，陈旭曾在张朝洋的婚礼上见过她一面，但那天只是匆匆一瞥，而且她化着很浓的妆，所以陈旭对她也没有什么印象。今天，陈旭特地留意了一下，发现她身材苗条，而且面容姣好。晶莹的雨水打湿了她的头发，顺着发丝慢慢地滑落，眼中噙满了泪花，有如梨花带雨，更让人心生怜惜，陈旭无论如何也无法把她和张朝洋口中描述的形象联系在一起。

从殡仪馆回来以后，陈旭思考了很多。人的生命其实脆弱得就像秋叶，经不起任何寒风的来袭，如何让短暂而又脆弱的一生变得有意义？陈旭不禁陷入沉思中，但现实并没有给他多少思考的时间，不久陈旭被调到另一个事业部，做国内业务。经过一周的加班培训后，他就被派往外地出差了。

# 27

入秋后天气逐渐凉爽起来，渐起的秋风带着一丝凉意，吹得树叶沙沙作响，不知从什么时候起，街道两旁的树木已经开始落起叶来，清早在马路上可以清晰地看见清洁人员打扫落叶后留下的痕迹。天空也变得晴朗起来，抬起头，天空仿佛在一个很遥远的地方，泛着蓝宝石般的光泽。不知不觉，又要到十一国庆节了。

出差之前，陈旭请假回了趟家，和父母商量和柳青青婚礼的事情，经过双方家庭的协商，婚礼的时间最终就定在了十一国庆。

真是世事难料，记得去年的这个时候，陈旭还在筹划他和杨若依的婚礼，而今年陈旭依然在筹划婚礼，不过新娘却变成了柳青青。事情办完以后，陈旭即刻返回滨城，着手准备出差的事情。

看来上天真的喜欢和陈旭开玩笑，这次领导安排他出差的地方竟然是苏州。陈旭原本以为，自己到了苏州触物生情，一定会影响工作，可实际上陈旭发现自己的担心都是多余的，因为这段时间，分配给陈旭的工作任务都特别紧，他几乎天天加班，晚上很少十二点之前睡觉，就连休息日也被取消了，所以根本没有多余的精力想别的事。陈旭感觉自己像是一台被上紧发条的机器，睁开眼睛就不停地运转着，还好很快就可以休假了，不然陈旭都不知道自己能否坚持下来。

连续工作了一段时间以后，因为陈旭工作比较出色，领导特批了一天假期，让他好好休息一下。最近一段时间，陈旭已经习惯了每天紧张地工作，现在突然闲了下来，反而有点不适应，总感觉心里空落落的。整整一个上午，只是吃完早饭后和柳青青通了电话外，陈旭就一直躺在宾馆的床上抽烟，什么事也没干。吃完午饭，陈旭无聊至极，不想闲待在宾馆里，就出去散散心。

陈旭坐车来到了苏州最繁华的步行街。似乎到中国的任何地方，都无法回避各种各样的人群，虽是上班的时间但是街上的行人却很多，街道也显得和平时一样，喧嚣而又嘈杂。陈旭顺着街道漫无目的地行走着，街道两旁的店铺、行人以及各式各样的广告牌从他的眼中慢慢地浮过，远处，不知从哪家店铺飘来一支怀旧而感伤的爱情歌曲，“为什么相爱的人不能够在一起，偏偏换成了回忆……”歌手极其抒情地唱道。这熟悉的曲子让陈旭的心情也随之伤感起来，往昔和杨若依在一起的场景又浮现在他脑海里，虽然陈旭嘴上说已经忘记杨若依了，但是心中对她的思恋却日甚一日。

陈旭经过一家卖衣服的店铺前，店铺里的模特吸引了他的目光。他停下脚步，认真地观看着模特，模特做得很逼真，眼睛漠然地望着街上的行人。陈旭突发奇想，如果自己是一个模特，每天的工作就是穿着最新款式的衣服，静静地站在玻璃墙后面供人观赏，会不会感到痛苦呢？这么想着陈旭突然笑了，他觉得自己问得可笑，如果自己是一堆没有思想的塑料，那么又怎么会感受到痛苦呢？

陈旭原本只是出来散散心，没想到现在心情反而变得更低落，不一会儿，他就厌倦了。正当陈旭准备打道回府的时候，突然从人群中看到一个熟悉的身影。“若依”，陈旭脱口喊道，他想追上去确认，可是心中却在否定自己，“不可能是她，这大概是自己的幻觉吧！”陈旭自我解释道，就在他犹豫的瞬间，那个身影已经一闪而过，很快消失在茫茫的人海里。

陈旭在原地呆怔了一会儿，然后才缓缓地走向车站。街道的尽头是一座复古式桥，对岸就是火车站。记得陈旭第一次来苏州的时候，火车站还在改造，那天下着雨，火车站很脏乱。现在远眺过去，火车站似乎已经改建完成，看上去还算整洁。陈旭看了看手表，离天黑还有一段时间，突然决定去杨若依家的想法毫无征兆地出现在陈旭的脑海里。陈旭知道，杨若依已经离开了那里，他去几趟也没有任何意义，但是他还是无法抑制自己内心的冲动，仿佛有某种来自心灵深处的声音在召唤他，让他丧失拒绝的力量。

陈旭立刻行动，快速地穿过复古式桥，来到了站前广场，坐上通往杨若依家乡的公交车。汽车载着陈旭，穿过了斑驳破旧的老城区，穿过了高楼耸立的新城区，穿过了树木繁茂的郊区，缓缓地朝杨若依家乡的小镇驶去。窗外，坐落在稻田之间的江南村落迎面而来。远处，金黄色的稻谷随着轻风有节奏地摇曳着，如同海洋里翻腾的波浪。窗外的景色让陈旭的心久久不能平静，杨若依现在生活怎么样？她是否也和自己一样在痛苦中回忆？或许她过的很好，可能早已有了新的恋人，那么自己这样执着是否值得？分明是她背叛了感情，自己应该恨她才对，但为什么对她的思恋却日甚一日？

汽车在一座小镇前缓缓地停住了，不知不觉已经到了杨若依的家乡。陈旭赶忙下了车，举目四望，青瓦白墙的房子、石板铺就的道路、穿街而过的河流、雕刻精致的石桥……一切似乎都没有改变，可物是人非，虽然陈旭和杨若依生活在同一片蓝天下，但却天涯两隔，也许再也没有重逢的机会了。

陈旭沿着小径慢慢地朝杨若依家走去，快到的时候，陈旭的心突然怦怦地剧烈跳动起来，陈旭似乎能感觉到杨若依的气息，仿佛她就在小巷的深处，坐在门口等他。陈旭原本以为杨若依家店铺的大门一定是紧闭的，可当他望过去的时候，却意外地发现大门敞开着，陈旭心中疑惑不解，不禁加快了脚步。

来到店铺前，从门外望进去，里面光线有点昏暗，看上去似乎没人。陈旭缓缓地跨过门槛走进店里，在一堆衣服的后面，陈旭发现杨若依的母亲正在整理东西，陈旭大吃一惊，“这是怎么回事？难道杨若依没有出国？”陈旭的脑海里充满了疑问。

杨若依的母亲听到有人进来，慢慢地站起身，看到他，她似乎比陈旭更意外，有点不知所措地问道：“小陈，你怎么来了呢？”两年时间没见，杨若依的母亲面色憔悴，似乎苍老了许多，而且身体也很虚弱，一副大病初愈的样子。

陈旭没有回答杨若依母亲的问题，只是问她道：“阿姨，你们没有出国啊？”

杨若依的母亲似乎没有听懂陈旭的话，一脸茫然地答道：“出国？我们为什么要出国啊。”

这时从外面走进来两个年轻人要买衣服，杨若依的母亲边招呼客人边对陈旭说道：“小陈啊，依依很快就该回来了，要不你先到楼上等她一下？”

看来杨若依的母亲什么都不知道，还是等若依回来再问个究竟吧，这样想着，陈旭就答应上了楼。

到了楼上，陈旭在沙发上坐了下来。环顾客厅，这里的摆设好像没有多大改变，只是电视机现在换成了一台新的，可能旧的已经坏了。陈旭看着熟悉的环境，思绪万千，若依真的没有出国，那么她为什么不来找自己？是不好意思，还是别的原因？一会她就回来了，见了面，自己该如何说？

等了一会儿，陈旭因为急切地想见到杨若依，开始坐立不安了，他站起来在客厅里走动着，陈旭突然想起了柳青青。是啊，青青怎么办？因为陈旭今天一直沉浸在对杨若依回忆中，仿佛他们分手只是昨天的事，可这件事毕竟已经过去一年了，这一年里自己已经改变得太多，若依都经历些什么样的事呢？自己和她还能回到过去吗？如果能的话，那自己和青青的婚礼该怎么办？陈旭像刚做完一场美妙的梦，醒来后又回到痛苦的现实当中。

这时，陈旭的目光被茶几上的一个红色笔记本给吸引了。笔记本很眼熟，自己仿佛在什么地方见到过，陈旭记起来了，那天他在杨若依的房间里，想拿它压在一本翘起来的书上，谁知杨若依马上抢过去锁在自己的抽屉里，因为对它比较好奇，使得陈旭记忆犹新，没想到此刻又看见它了。陈旭知道偷看别人日记是不好的，但是还是抑制不住自己的好奇心，于是拿起了它。

日记里详细记录了杨若依生活中的点点滴滴，陈旭读着它，仿佛进入到了杨若依的内心世界。当读到她和自己在一起愉快的经历的时候，陈旭不由得轻声笑了出来，可是往后看，陈旭的心情越轻松不起来。当读到她母亲病了的时候，陈旭能感觉她是多么的无助和心痛。又读到了她和金先生之间发生的事，她又是多么的愤慨和无奈，最后读到了她和自己分手的时候，陈旭已是泪流满面。没想到这中间竟然发生了这么多事，自己却一点也不知情，若依她为什么不告诉自己呢？如果那天自己要是能坚决地要求和她一起回家该多好，那样的话，起码自己可以和她一起想办法，也就不可能有后来发生的事了。陈旭有一万个假设，可是人生没有假设。世上有很多事，发生了就发生了，不管事后你多么的懊悔，尽多大的努力去弥补，都不可能有推倒重来的机会，这大概就是人生的无奈吧。

陈旭从窗户向街上望去，古老的小镇，在夕阳的余辉下显得静谧而安详，小巷尽头，原来吴大爷的粮食店现在已经被一家新开的花店取代。在花店门口的两边，摆放着两个大大的花篮，里面的鲜花在小镇古老的底色的映衬下，显得异常鲜艳。一个20岁出头的青年，手里捧着一大束鲜艳欲滴的玫瑰，正高兴地从花店里出来，从他兴奋的表情来看，他大概是要为女朋友过生日，或者是对喜欢的姑娘表白吧。

而同一时间在另一座城市，柳青青正在一家婚纱店里试穿婚纱，她下午已经试了好几套，似乎都不是很满意。最后她挑选了一件白色露肩婚纱，此时正站在一面落地镜前端详自己。镜子里的她看起来像个纤尘不染的仙子，美丽端庄，脸上写满了准新娘的幸福，她心里想不知道陈旭哥喜不喜欢这套婚纱。

（全文完）

本书介绍豆瓣网站从创办到成功的秘密，推广方法，管理方法，经营方法等。本书以丰富的示例从传播学、社会学等角度全面解析豆瓣网流行的秘密。本书适用于网站管理人员、市场营销人员。

作者：G.Pascal Zachary
ISBN：7-111-26530-6
定价：42.00

1.为何偷菜、抢车位这样的无聊小游戏能让无数智商正常的人痴迷？除了偷菜我们还能干什么？
2.为何全球互联网都为SNS而疯狂？
3.SNS掀起的第三次互联网革命能给我们带来哪些机遇？
4.你想知道奥巴马是如何利用SNS问鼎美国总统宝座的吗？
5.为何流行天王迈克尔·杰克逊去世不到一小时，噩耗就传遍了全世界？
6.为何"你妈妈喊你回家吃饭"能在几天时间内红遍整个网络？
7.为何有人能利用SNS免费环游世界？
一切答案尽在本书当中

作者：西门柳上著
ISBN：978-7-111-28225-9
定价：33.00

HZ BOOKS

“在微软的成长过程中，一直伴随着对梦想的不懈追求。本书展现了微软的天才团队追梦过程里的精彩片断 – 他们付出了艰苦卓绝的努力，经历了犹疑、冲突和痛苦，但他们的成就今天仍然在影响世界。”

作者：G.Pascal Zachary
ISBN：7-111-26530-6
定价：42.00

本书通过女主人公林立立成长为项目经理的故事，介绍了一个政府项目从前期到执行实施的全过程。用小说叙事的手法、详细的故事情节和人物的心理描写完整地向读者展示了项目执行各个阶段的冲突和矛盾。

作者：松涛著
ISBN：978-7-111-28996-8
定价：25.00

www.hzbook.com

## 填写读者调查表　加入华章书友会
## 获赠精彩技术书　参与活动和抽奖

**尊敬的读者：**

感谢您选择华章图书。为了聆听您的意见，以便我们能够为您提供更优秀的图书产品，敬请您抽出宝贵的时间填写本表，并按底部的地址邮寄给我们（您也可通过www.hzbook.com填写本表）。您将加入我们的"华章书友会"，及时获得新书资讯，免费参加书友会活动。我们将定期选出若干名热心读者，免费赠送我们出版的图书。请一定填写书名书号并留全您的联系信息，以便我们联络您，谢谢！

书名：　　　　　　　　　　　　　书号：7-111-(　　　　　　　　)

| 姓名： | 性别：□男　□女 | 年龄： | 职业： |
|---|---|---|---|
| 通信地址： | | E-mail： | |
| 电话： | 手机： | 邮编： | |

**1. 您是如何获知本书的：**

□朋友推荐　□书店　□图书目录　□杂志、报纸、网络等　□其他

**2. 您从哪里购买本书：**

□新华书店　□计算机专业书店　□网上书店　□其他

**3. 您对本书的评价是：**

| | | | | |
|---|---|---|---|---|
| 技术内容 | □很好 | □一般 | □较差 | □理由＿＿＿＿ |
| 文字质量 | □很好 | □一般 | □较差 | □理由＿＿＿＿ |
| 版式封面 | □很好 | □一般 | □较差 | □理由＿＿＿＿ |
| 印装质量 | □很好 | □一般 | □较差 | □理由＿＿＿＿ |
| 图书定价 | □太高 | □合适 | □较低 | □理由＿＿＿＿ |

**4. 您希望我们的图书在哪些方面进行改进？**

**5. 您最希望我们出版哪方面的图书？如果有英文版请写出书名。**

**6. 您有没有写作或翻译技术图书的想法？**

□是，我的计划是＿＿＿＿＿＿＿＿＿＿　□否

**7. 您希望获取图书信息的形式：**

□邮件　□信函　□短信　□其他＿＿＿＿

**请寄：北京市西城区百万庄南街1号　机械工业出版社　华章公司　计算机图书策划部收**

**邮编：100037　电话：(010) 88379512　传真：(010) 68311602　E-mail: hzjsj@hzbook.com**